Don Upildo

Don Upildo

María Antonia Pérez-Andújar

Número de Control de la Biblioteca del Congreso de EE.UU.:   2011933217
ISBN: Tapa Dura   978-1-4633-0479-9
                             Tapa Blanda   978-1-4633-0481-2
                             Libro Electrónico   978-1-4633-0480-5

Para pedidos de copias adicionales de este libro, por favor contacte con:
Palibrio
1663 Liberty Drive, Suite 200
Bloomington, IN 47403
Llamadas desde los EE.UU. 877.407.5847
Llamadas internacionales +1.812.671.9757
Fax: +1.812.355.1576
ventas@palibrio.com
355427

Índice

A Luisl.

AGRADECIMIENTOS

Quiero dar las gracias a mi marido, George, por su apoyo constante y por crear una imagen tan exacta de don Upildo sin hablar casi nada de castellano. Y a Ana Isabel Caro, Concha Valle, Paul Davies, Gabriela Rocha Doherty y Elena Fabregat por su tiempo y por animarme a seguir en ésta mi primera aventura como novelista.

LUNES

Madrid, primavera de 1998.

APENAS había empezado don Upildo a conciliar el sueño cuando el leve chirriar de ruedecillas y poleas del ascensor le despertó suave pero inexorablemente. Con sutileza viperina y precisión de periscopio, alzó un ojo enrojecido de por entre las sábanas para consultar el reloj de la mesilla: las ocho y treinta y nueve de la mañana. "Vaya por Dios", se lamentó en silencio, revolviéndose en la cama con acritud y acomodando la almohada para intentar seguir durmiendo. Silencio sepulcral y veinte minutos de espera; todo en vano. El sueño ni le venía ni le iba a venir, y tuvo que reconocer que aquellas imágenes tan interesantes y auspiciosas que recién había vivido no volverían, por lo menos aquella mañana: era otra vez el sueño de Marta, la vecina de enfrente, con quien de nuevo se encontraba a punto de retozar entre sábanas de seda. Suspiro.

"En fin", pensó, "otra vez será". Y echando a un lado las sábanas con gesto cansado se sentó al borde la cama. Otro suspiro para darse fuerzas y, ¡arriba! Zapatillas, batín, y a por el cafecito.

Arrastrose por el pasillo hacia la cocina sin dejar de pensar en su sueño truncado; tanto que, al llegar allí y mientras subía el café, no pudo superar su impaciencia y se lanzó a otear furtivamente las ventanas de Marta ocultándose tras el visillo, como tantas veces hacía. Marta (no sabía cómo se llamaba, pero la había bautizado 'Marta' porque tenía pinta de Marta) vivía en el portal de al lado del de don Upildo. Como los dos edificios compartían patio de luces, las ventanas de ambos se miraban a través del mismo y lo que ocurría en una casa se podía ver desde la otra, siempre y cuando las persianas estuvieran subidas, las cortinas abiertas, y la luz encendida dentro de la habitación.

Pero todo estaba apagado aquella mañana *chez* Marta: persianas sepulcralmente cerradas; quietud y oscuridad completas. Ni un destello, ni un movimiento, ni un resuello de vida. "Estará dormida", pensó don Upildo. "A lo mejor salió ayer. Qué lástima no verla ahora. ¿Dormirá sola o mal acompañada?", se preguntó. *"Ah, qui le sait . . . .?"* Y se apartó del visillo con desgana para atender al café que borboteaba, feroz e impaciente, salpicando con furia el esmalte blanco del fogón.

Encendió la tele y se fue tomando el café a pequeños sorbos; también se había fumado ya el primer pitillo; incluso llevaba la galleta a medio roer, cuando desde el run-run insulso de la pantalla le pareció oír una vocecilla que decía: "¡Conquístala!"

"¡Imposible!", fue su reacción más inmediata, levantándose de un salto de la silla para ir al cuarto de estar. Se sentó en la butaca y abrió con brusquedad el ABCD. Intentó concentrarse en la sección Internacional, pero nada; pasó pues a los Sucesos Locales y tampoco; Teatro, Estrenos; Segunda Mano. Nada, que no podía concentrarse. La idea de intentar conquistar a Marta le perseguía y estaba claro que no iba a poder quitársela fácilmente de la cabeza.

Dejando el periódico a un lado, se dirigió al vestíbulo. Allí, frente al espejo de cuerpo entero, juez inapelable y brutal, dedicó una escrutadora ojeada a su figura bata, pijama y pantuflas en ristre.

"De frente tengo un pase, pero de lado . . .", se lamentó, girando el cuerpo.

Efectivamente: el perfil de don Upildo mostraba un vientre francamente inocultable. Todavía de perfil, metió estómago y aguantó el aire para afinar la figura, pero ni por ésas.

"¿Y con una faja . . . ?"

Prosiguió el escrutinio arrimando la cara al espejo para comprobar el estado de piel y pelo: muy mal todo. El poco pelo que le quedaba se veía hirsuto, clareante y hasta brumoso, como un bosque de película de terror, y más todavía habiéndosele olvidado la noche anterior ponerse la redecilla. Bolsas bajo los ojos exhibían múltiples arrugas, la una sobre otra, la otra sobre la una, entre las que dominaba una, más grande y profunda que el resto, teñida de tonos violáceos la muy canalla.

¿Y la nariz?¿Qué decir de la nariz? Aquella especie de probóscide, además de grande y amorfa, era hoy por hoy el mismísimo mapa de La Rioja en tres dimensiones.

Pero don Upildo no era de los que se arredran fácilmente por lo que, a pesar de aquella impresión inicial tan poco optimista, procedió a esbozar su sonrisa especial ante el espejo, imaginando cómo le vería ella en el primer momento de contacto. Mas aquel espejo maldito, en lugar de mostrarle la sonrisa viril y conquistadora que según sus conocidos le daba un aire a Gary Cooper, no le devolvió más que una mueca viperina digna de la momia de Tutankamón.

"Ay, los dientes . . ."

Y corrió a su habitación a pescar la dentadura del vaso en el que aún descansaba en la mesilla, colocándosela de cualquier manera. Vuelta al espejo. Posó de nuevo y lo que ahora vio le pareció algo mejor. Pero breve fue la dicha de don Upildo, pues a los pocos momentos se desprendió la dentadura de la encía, rebotando en el suelo con tal mala pata que terminó oculta bajo el sofá.

Aquello puso fin a la evaluación física de don Upildo, con un resultado de muy malos augurios.

Volvió arrastrando los pies al cuarto de estar donde, pitillo en mano y corazón pesaroso, procedió a sumergirse dulcemente entre las páginas del ABCD.

RECUPERE SU JUVENTUD EN LOS
CENTROS DE BELLEZA *APOLO*
EVALUACIÓN GRATUITA—TODAS EDADES Y PESOS
RESULTADOS GARANTIZADOS O LE DEVOLVEMOS SU DINERO
PRECIOS RAZONABLES

'Todas edades y pesos' fue la frase que más resonó en la conciencia de don Upildo. El deseo velado de parecerse a algún actor de los que veía en la tele que de vez en cuando se le despertaba, la parte de información financiera del anuncio—pues don Upildo miraba siempre por su economía—y la perspectiva de recuperar su dinero si no quedaba satisfecho terminaron de convencerle. Llamaría ahora mismo a los Centros de Belleza Apolo y no se hablaría más.

La cita se la dieron para el día siguiente, y la idea de recuperar su estampa de juventud le elevó tanto el espíritu que pasó un buen rato fumando, silbando, pateando el pasillo de arriba a abajo, acicalándose los cuatro pelos que tenía frente al espejo y atisbando de vez en cuando discretamente las ventanas siempre cerradas de su adorada Marta. Cuando se cansó de dar vueltas por la casa se vistió y afeitó, sin ducharse por no ser sábado, sentándose luego a abrir la correspondencia. 'D. Upildo Ruebañoz, Cuesta de San Vicente, Madrid', se leía en todos los sobres. Ver su nombre tantas veces le hizo reflexionar una vez más sobre la identidad de quienquiera que le hubiese impuesto un nombre de pila tan canallesco. El apellido también se las traía, pero al fin y al cabo no había habido otra opción. Pero, *¿Upildo?* Si ni siquiera venía en el santuario. Muchas veces le había preguntado a su madre que de quién había sido la idea e incluso había llegado a sospechar que a lo mejor había sido ella para vengarse de los dolores del parto. Pero ella le decía que había nacido en guerra, en un refugio de bombardeo, mientras su padre estaba en el frente; que el parto fue difícil y que perdió mucha sangre y que al día siguiente, como estaba ella tan débil, un vecino bondadoso se ofreció a inscribirlo en el registro y se fue sin consultarla. Cuando volvió, traía bajo el brazo el acta de nacimiento con el infame nombre de 'Upildo'. Ganas le daban de buscar al individuo en cuestión para denunciarle por crueldad premeditada, pero luego pensaba que seguramente ya se habría muerto y que bastante tendría con estar criando malvas, y se le pasaba. Pero aquella mañana le volvió a la mente la misma pregunta: ¿Qué inmundicia de ser humano sería capaz de ponerle a un niñito inocente un nombre tan horroroso? Don Upildo se consolaba con el único caso que había oído parecido, uno que hasta salió en los periódicos: el de un tal Julio Battiente –se conoce que de origen italiano—quien se vengó de su hija por no haber nacido varón registrándola como 'Mandíbula', imponiéndole así el ignominioso nombre de 'Mandíbula Battiente'. Y encima la chica había resultado obesa.

Descartando la mala intención, pasó a analizar posibles errores: ¿quizá una o varias faltas de ortografía? ¿Algún funcionario con mala vista que no acertó a escribir el nombre bien o quizá iletrado o aún todavía, extranjero? No sabría decir. Pero por mucho que pensaba no se le ocurría otra forma de escribir 'Upildo' que lo suavizase.

De cualquier manera, ¿cómo iba a presentarse ante la bella Marta con un nombre tan humillante? Había pensado en varios diminutivos como por ejemplo 'Upi' o 'Pildo' (desde luego, jamás 'Pil-Pil'), que armonizasen mejor con la nueva y deportiva figura que pensaba conseguir gracias a los Centros de Belleza Apolo. En fin, ya se le ocurriría algo.

Mientras divagaba, se acordó de que no le había dado nada de comer a su serpiente, que dormitaba como de costumbre en el terrario del cuarto de estar. Un amigo que había vivido en Guinea se la trajo en el barco y se la había regalado a don Upildo como animal de compañía. La había bautizado con el soso nombre de 'Cule' por aquello de *Culebra*. Cule era una serpiente pitón bola de un tamaño bastante considerable. Su amigo le dijo que comía huevos, pero al cabo de unos días pareció aborrecerlos y no quiso más que ratones, pájaros y otros animales pequeños. La idea de ver morir a animales inocentes no le gustaba a don Upildo, por lo que ideó un sistema para alimentar a su ofidio sin tener que torturar a ningún animal. Consistía en poner ratoneras por toda la casa—de ésas en las que se coloca un trozo de queso y matan a su víctima de un certero trallazo en el pescuezo-, pues morir instantáneamente a punto de degustar algo delicioso le parecía a don Upildo una de las pocas muertes interesantes. Como el edificio era antiguo, pensó que no sería difícil atrapar algún que otro roedor de vez en cuando, y colocó varias ratoneras por la despensa y la cocina. No conseguía tampoco muchos, pero sí los suficientes como para mantener a Cule contenta; y, por supuesto, siempre estaban los huevos de reserva.

Fue pues a la despensa a ver si había atrapado alguno comprobando con alegría que había dos; uno lo metió en una bolsa y lo guardó en el congelador; el otro lo cogió por el rabo y lo depositó en el terrario amorosamente, acariciándole el lomo a su mascota mientras ésta asomaba despacio la cabeza desde detrás del tronco seco para olisquearlo, asomando y escondiendo rápidamente aquella lengua bífida, estrecha y puntiaguda. Dejó a Cule sola para que disfrutase de su desayuno y se dispuso a ducharse, pero recordó a tiempo otra vez que aún no era sábado, así que pasó directamente a afeitarse y vestirse, quedando así listo para el día.

Se sentó un rato a revisar unas facturas cuando le vino a la mente que aquel era día de limpieza y por lo tanto Toñi estaría a punto de llegar. Toñi era la asistenta que venía a limpiar dos veces por semana por orden de su hija. La mujer era limpia y trabajadora, pero don Upildo la odiaba tiernamente porque estaba convencido de que se dedicaba a espiarle para luego contárselo todo a ella. Gracias a la tal Toñi, su hija ya se había enterado de que don Upildo fumaba, tomaba café, bebía lo que quería, comía un montón de dulces y grasa, no hacía nunca ejercicio y hasta había encontrado los prismáticos con los que espiaba a Marta.

Además, don Upildo estaba acostumbrado a estar solo y aquella mujer, aunque no era terriblemente habladora, sí que disfrutaba de vez en cuando contándole cosas de su pueblo manchego, de lo bonito que era y de lo mucho que le gustaría a don Upildo pasar unas vacaciones allí. Y de paso le preguntaba que para qué quería los prismáticos. Y lo peor de todo era que ella nunca le contaba nada de las andanzas de su hija, pues Toñi también limpiaba su casa y seguro que algo debía saber de aquella hija divorciada que decía haberse 'liberado sexualmente'. La de marranadas que haría.

Aquí tenemos que hacer un inciso para explicar que don Upildo era hombre muy de derechas y por lo tanto las 'marranadas' pensaba que solamente las hacían las mujeres: sus parejas eran hombres cabales haciendo lo que les había puesto Dios en el mundo para hacer menos con la mujer de uno, previo matrimonio, en cuyo caso ya no eran 'marranadas' sino algo muy distinto que no tenía nombre, puesto que de eso no se hablaba. En fin, que todo aquello era algo complicado pero don Upildo no cuestionaba ciertos de los principios de su formación Cristiana, y mucho menos aquellos que le beneficiaban.

Pero volviendo a Toñi: como don Upildo había decidido hacía tiempo vengarse de ella a base de guerra fría, cada día tramaba algún pequeño incidente para fastidiarla. Así que agarró a Cule por el pescuezo y la sacó del terrario para enredarla en la lámpara de candelabro del vestíbulo. Allí la tenía que ver ella seguro.

Volvió al cuarto de estar a prestarle atención al periódico, ahora con el oído alerta para ver cuándo llegaba la buena de Toñi. Al fin la oyó entrar, precedida por el sonido del ascensor, el del tintineo de las llaves en la cerradura y finalmente el de la puerta al cerrarse. Oyó sus pasos alejándose hacia la cocina, donde se quitaría la chaqueta y se pondría el delantal como hacía siempre nada más llegar. Luego empezaría a pasar revista a toda la casa para ir tomando nota del rastro de las actividades de don Upildo que le tenía prohibidas su hija y que él violaba sistemáticamente. La oyó salir de la cocina, pasando bajo la lámpara del vestíbulo; aguantó la respiración esperando escuchar los gritos de pánico que daría al ver a Cule colgando de la lámpara, pero no la debió ver pues en lugar del delicioso alarido de terror que esperaba, la oyó acercarse sigilosamente a la puerta del cuarto de estar.

Abriendo la puerta de golpe, asomó la cabeza rápida como una víbora para ver si le pescaba haciendo algo reprobable, pues aunque no era el estilo natural de Toñi, el vigilar al padre de su jefa era parte de la misión que ella le había encargado y procuraba hacer sus labores de espía lo mejor posible.

"Pase, Toñi, pase . . ."

"¿Fumando tan de mañana, don Upildo?", dijo ella con tono de reprobación.

"Qué va, si casi no fumo . . ."

"¿Que no?", preguntó ella, incrédula.

Don Upildo decidió ponerle freno a aquel interrogatorio de la forma más directa:

"Mire, Toñi: cuando yo digo que fumo poco es que fumo poco. Poquísimo. ¿Entendido?"

"Pero . . ."

"Lo que le digo. Haga el favor de no discutir".

"Ay, qué humos trae usted esta mañanita don Upildo . . ."

"Sin guasa, ¿eh?"

"Ay, Jesús, usted perdone . . ."

"Está bien. Vaya a traerme unas cerillas y más café y no se hable más. Con nadie, ¿me entiende?"

"Sí, sí, don Upildo. Lo que usted diga, don Upildo", capituló ella.

Y se fue mansamente pasillo adelante hacia la cocina.

Don Upildo seguía pendiente de las idas y venidas de la mujer por el pasillo, arrastrando ahora la aspiradora y los cubos y yendo y viniendo con la escoba y otros bártulos. Ya estaba pensando si no se habría soltado Cule de la lámpara cuando oyó el espeluznante alarido que tanto llevaba esperando. Un placer irresistible le recorrió el espinazo y, satisfecho, se revolvió en la butaca para esperar la llegada de la asistenta.

"¡Don Upildo, me va usted a matar!", gritó la mujer entrando en tromba y terriblemente pálida. "Por Dios se lo pido", continuó, "cuando sepa usted que voy a venir, haga el favor de esconder la víbora donde yo no la vea. Y esos ratones muertos, quítelos de mi vista; me acabo de encontrar uno en el congelador. Es lo primero que le dije a su hija y si esto sigue así, fíjese en lo que le digo, no vuelvo . . ."

Ante aquella deliciosa amenaza, don Upildo arqueó cejas y labios generando una de sus muecas más repugnantes y encendió otro pitillo delante de ella sabiendo que, además, no soportaba el humo.

Pero a don Upildo le gustaba torturar a su asistenta como los gatos, sin terminar de matarla, por lo que calmó a la mujer someramente farfullado una especie como de disculpa, y descolgó a Cule de la lámpara volviendo a depositarla en el terrario.

Luego volvió a sus cuentas y, viendo que necesitaba ir al banco, se puso la chaqueta y se despidió de Toñi hasta la hora de comer; además, ahora que tenía perspectivas de conocer en fecha próxima a Marta, quería inspeccionar visualmente su portal para ver si podía averiguar por lo menos su nombre. Como tenía que pasar por delante del mismo para ir hacia el banco, mataría así dos pájaros de un tiro.

Era un bonito día primaveral aunque con pinta de ir a llover. Don Upildo salió de su casa y empezó a subir la cuesta de San Vicente, reduciendo el paso a la altura del portal de su amada. Estaba cerrado, pero vio que el edificio tenía conserje como el suyo, quien estaba sentado tras el mostrador, afanado en la lectura del periódico. Aquella información le serviría para el futuro, y siguió caminando cuesta arriba hacia la Gran Vía. Iba contento: al fin tenía planes. No paraba de pensar en lo atractivo que iba a quedar dentro de algunas semanas cuando perdiera el peso y las arrugas que le sobraban y lo mucho que le iba a gustar él a Marta.

Caminaba por la mitad de la Gran Vía cuando vio un grupo de gente frente a una zapatería. Curioso, se detuvo a ver lo que les atraía, que no era ni más ni menos que un empleado terminando de instalar un cartel en el escaparate que decía:

DRÁSTICAS REBAJAS
PRECIOS DE VÉRTIGO

Era una tienda antigua que vendía zapatos de importación. Don Upildo echó una ojeada a los precios y reconoció que el cartel tenía toda la razón pues, ciertamente, sí que notó como una especie de vahído al ver aquellos precios tan sumamente reducidos. Él no compraba más allá de un par de zapatos cada cinco o seis años, siempre de la marca 'Gorilas', y siempre en la zapatería Los Gladiadores en la Puerta del Sol, cuya publicidad decía que sus precios 'eran la guerra'. Como don Upildo era tan de derechas, aquel reclamo resonaba con él y siempre terminaba comprando allí. Pero su buen humor y la perspectiva de conquista que traía en mente, añadidos a aquellos vertiginosos precios, le animaron a entrar en la zapatería. Todo el mundo sabía la pasión que sentían las mujeres por los zapatos y no quería decepcionar a Marta por culpa de un mal par de escarpines.

Terminó comprando un par de mocasines clásicos con flecos y borlas como los que llevaban los políticos de derechas que veía en las fotos del ABCD. Los zapatos eran más duros que una piedra 'diseñados para durar toda una vida' como ponía en la caja, y de color 'Corinto', que quería decir 'Vino Burdeos' en el léxico de don Upildo. Como no había su número, terminó por comprar uno más pequeño, pensando que ya los domaría con el uso. En el peor de los casos, discurrió, el pie terminaría por encogerse como les pasaba a todas las personas de edad, y asunto terminado.

Para no arrepentirse de la compra se los puso en la tienda, y salió calle adelante con los zapatos viejos en una bolsa.

Iba ahora por la Gran Vía como niño con zapatos nuevos. Cruzó la plaza de El Callao y siguió adelante mirándose de vez en cuando los pies: ¡qué bien le quedaban! Luego pensaba en lo mucho que había ahorrado y se le alegraba el corazón aún más todavía.

Al pasar por la gran librería Escasa-Culpa, decidió entrar a informarse sobre un tipo de libro que siempre estaba pensando en escribir, que quería titular 'Manual del Superconductor en Carretera'. El libro pretendía evitar accidentes de tráfico y mejorar la circulación a base de crear un nuevo sistema de comunicación entre conductores por medio de una especie de código *Morse* visual y auditivo que se había inventado don Upildo. Funcionaba de la siguiente manera: si el conductor daba una ráfaga de luz larga, significaba: "no corras tanto, policía cerca". Dos ráfagas quería decir: "se te ha olvidado quitar el intermitente". Tres significaba: "quítame la luz larga, tío merluzo"; una luz larga de dos segundos y una corta de uno quería decir: "camión lento delante, ten paciencia", y así sucesivamente. También tenía un código para avisar al conductor de detrás pisando el freno determinado número de veces y diferentes tipos de bocinazos y movimientos de brazo por la ventanilla que expresaban todo lo necesario para lo que don Upildo consideraba 'Superconducción': desde un infinito agradecimiento al más grosero de los insultos. Pensaba patentar el sistema y cambiar el código de circulación en todo el país. Sin embargo, don Upildo no había llegado a redactar más de dos páginas del manual, pero quería mantenerse al corriente de la posible competencia para no perder el tiempo escribiendo lo que ya estaba escrito.

Entró en la librería y se fue directamente a la sección de manuales para aprender a conducir y no vio nada parecido. Estupendo. Luego se le ocurrió buscar un libro para regalarle a Marta cuando llegase la ocasión, pero como no tenía idea de lo que le podía gustar, se dirigió a una de las señoritas que trabajaba en la librería que le pareció de la misma edad que Marta.

"Señorita, ¿me puede usted decir lo que le gusta?"

"¿Perdone?"

"Le pregunto que qué le gusta . . ."

"Un momento, por favor", dijo ella con una cara muy seria, y se fue hacia un señor de traje de chaqueta que debía ser su jefe. Los dos se pusieron a hablar en voz baja mirándole de vez en cuando y como la verdad es que no le corría prisa y vio que era el jefe quien venía hacia él, salió de la tienda rápidamente sin decir ni adiós.

Cuando llevaba ya un rato andando empezó a notar que el zapato izquierdo le estaba rozando en el talón. Pensó en cambiarse de zapatos poniéndose los viejos en cualquier bar, pero se dio cuenta de que ya no llevaba la bolsa, pues se la había dejado olvidada en la librería. Ahora, ¿cómo iba a recuperar los zapatos? Qué tonto había sido de haber salido de la tienda de aquella manera y tan sin razón. Pero la tienda estaba cerca y decidió volver de todas maneras. Nada más entrar, la señorita de antes se retiró al fondo mientras don Upildo se dirigía a la parte de la librería donde recordaba haber dejado la bolsa. No estaba allí. Iba a empezar a buscar ayuda pero no necesitó ir muy lejos porque el jefe de antes ya estaba a su lado, preguntándole que qué deseaba.

"Estuve aquí hace un rato y me dejé olvidada una bolsa", explicó.

"Ah, sí. Haga el favor de acompañarme", dijo el encargado.

Al pasar frente a la caja vio a la señorita de antes que le estaba mirando con expresión recelosa. El jefe le llevó a un despacho que estaba al fondo de la tienda y cuando entraron cerró la puerta.

"Nos va a perdonar, pero nos hemos visto obligados a deshacernos de ella", explicó por fin el encargado.

¿Que la han tirado?¿Por qué?", preguntó don Upildo empezando a enfadarse.

"Cuestión de higiene. No sabemos lo que contenía, pero los clientes se empezaron a quejar del olor y no podemos tener materias descompuestas en el establecimiento. Va contra las ordenanzas."

"Pero si no han pasado ni quince minutos . . .", se quejó don Upildo. "Exijo que por lo menos me devuelvan el importe de su contenido".

"No le podemos ofrecer nada en estos momentos", repuso el jefe con gesto circunspecto.

"Quiero hablar con el director", exigió don Upildo cambiando de tono.

"Yo soy el director. Ahora, si no desea nada más, le voy a rogar que me acompañe a la salida . . ."

"Nada de eso. De aquí no me voy hasta que no me hayan resarcido. Ustedes no tienen derecho a disponer de la propiedad ajena como si tal cosa. Exijo una compensación".

"Si no se va usted ahora mismo voy a tener que dar parte a las autoridades", declaró el director acercándose al teléfono.

Don Upildo enmudeció unos instantes para reconsiderar su postura.

"¿Cómo sé yo que no van beneficiarse ustedes con la venta de mi propiedad?"

El jefe contuvo una carcajada. "Esto es una librería, no una tienda de ultramarinos . . ."

"Haga el favor de explicarse", dijo don Upildo, ligeramente ofendido.

"Aquí no vendemos queso", explicó el jefe con actitud circunspecta.

Don Upildo se ofendió ya seriamente con aquella respuesta pero prefirió dejarle que pensara que la bolsa contenía queso antes que revelar que lo que olía así eran sus zapatos viejos.

"¿Dónde tiraron la bolsa?", preguntó finalmente.

"En el contenedor del callejón".

"Muy bien. Lléveme allí."

El jefe dudó brevemente pero terminó por salir del despacho, volviendo al rato con un chico que le guió por detrás de la tienda, indicándole dónde estaba el contenedor, y cerrando la puerta tras de sí. Don Upildo se quedó solo en el callejón. Abrió la tapa del contenedor y cuando se le acostumbró la vista a la oscuridad, vio la bolsa al final del todo, sobre una pila de inmundicias. El hedor era insoportable y varias moscas revoloteaban sobre ella emitiendo un sordo zumbido. Entrar en el contenedor resultaba imposible y menos con los zapatos nuevos, de modo que buscando con la vista vio una vara oxidada que parecía del tamaño apropiado y se puso a intentar pescar la bolsa con ella; pero como las asas habían caído del lado contrario al de don Upildo, no pudo. Se encaramó sobre una piedra que había allí al lado y se inclinó más sobre el borde para escarbar bajo la bolsa pero cuando ya casi había conseguido darle la vuelta, un golpe de viento volcó la tapa del contenedor y, como tenía medio cuerpo colgando, cayó dentro de bruces. La tapa había quedado cerrada y ahora no veía nada ni tampoco se podía poner de pie. Don Upildo se puso a golpear las paredes del contenedor nerviosamente en la oscuridad. Por su mente pasaron titulares de prensa anunciando el hallazgo de un cadáver en un contenedor al que ratas hambrientas habían medio devorado, y siguió golpeando las paredes frenéticamente hasta que empujó la tapa en sí y ésta se abrió sin problema. Como la basura llegaba hasta casi el borde, salió con relativa facilidad.

"Ay, mi madre", comentó, enderezándose y sacudiéndose la ropa. Con los nervios se le había olvidado coger la bolsa. Pensó en la suerte que había tenido con no partirse la crisma al caer la primera vez y, siendo como era hombre religioso, tomó la situación como un aviso divino de que a los zapatos 'Gorilas' les había llegado su hora, y decidió abandonarlos a su eterno reposo en el contenedor.

Una vez de nuevo en la calle prosiguió su camino, cojeando un poco, parando solamente en un quiosco de prensa para comprar una revista cuya portada le hizo pensar en Toñi.

Llegó cojeando ya bastante más a la plaza de la Cibeles, junto a la cual estaba la sede de su banco, donde realizó algunas transacciones. Al salir se había puesto a llover, y don Upildo decidió que no quería estropear sus zapatos nuevos y como además el dolor de pie se estaba poniendo insoportable, resolvió tomar el autobús número cuarenta y seis que tenía su parada muy cerca. Don Upildo utilizaba bastante este autobús por varias razones: primero, porque aquella parada era la primera de la línea, por lo que siempre había asientos libres. Segundo, porque estaba casi enfrente de una cervecería bávara donde daban unas cervezas estupendas. Don Upildo acostumbraba a pedir y pagar la cerveza mientras vigilaba la llegada del autobús desde el ventanal; si el autobús tardaba, se tomaba el aperitivo sin prisas, y si venía pronto se tomaba la cerveza de un trago y salía corriendo.

En aquella ocasión, el autobús llegó casi inmediatamente, por lo que tuvo que tomarse la caña y salir renqueando a toda prisa si no quería tener que esperar a que viniese otro. Él y dos chavales jóvenes eran los únicos que subieron, y aprovechó para tomar el mejor asiento que había, que era uno en la última fila, junto a la ventana. Como pasa en Madrid siempre que llueve, la gente empezó a subirse en masa al autobús en cada parada hasta que todos los asientos se ocuparon y el pasillo se llenó de gente de pie, pegados los unos a los otros como sardinas en lata. Además, el conductor era de esos que se dedican a lanzar al autobús a toda velocidad para luego frenar en seco, o a tomar curvas con tal *speed* que los neumáticos hasta chirrían y todo. Los viajeros se bamboleaban en la cabina profiriendo gritos de pánico mientras intentaban sujetarse como podían. Parecía que le pagaban una prima al conductor por rotura de huesos a viajeros, o que pensaba que como la gente iba tan apretada, no había riesgo de que nadie se cayera por ir tan bien empacados. La otra posibilidad era que odiase ferozmente a la humanidad, lo cual bien mirado, era lo más lógico a juzgar por la cara de gusto que ponía al oír los aullidos desgarradores de sus sufridos pasajeros.

A pesar de todo el traqueteo, don Upildo iba feliz de haber podido tomar el mejor asiento, y más todavía comparado con lo mal que lo estaba pasando el resto de la concurrencia; pero el pie le estaba doliendo ya una barbaridad y, aunque tenía a una señora muy remilgada a su izquierda que seguramente se ofendería con el olor que se podría originar si se quitaba los zapatos, se arriesgó, pues con tanta gente alrededor nadie tenía por qué asumir que él era la fuente de la posible pestilencia. Además, como debía oler ya bastante mal por culpa de la zambullida en el contenedor, pensó que seguramente no se notaría mucho la diferencia. Así que con mucho disimulo se quitó el zapato izquierdo, sintiendo un gran alivio, pero cuidando de no demostrarlo. El vapor como a queso de Cabrales putrefacto que subió desde el piso resultó tan intenso que sorprendió al mismo don Upildo. Miró de reojo a la señora que estaba a su lado, la cual acababa de abrir el bolso apresuradamente para sacar un pañuelo con el que empezó a secarse las lágrimas. Terminó tapándose la boca y la nariz, y hasta parecía como que le daban arcadas y don Upildo temió que se pusiese a devolver allí mismo.

Dos hombres con mono de trabajo que iban sentados delante enderezaron la espalda casi a la vez, mirando a su alrededor para ver de dónde venía aquel espantoso estímulo olfativo. A uno de ellos se le habían dilatado grandemente las aletas de la nariz con el fin evidente de averiguar la naturaleza de lo olfateado; tanto, que hasta la sarta de pelos que asomaban por su orificio nasal pareció estársele erizando. Los ojos de ambos hombres empezaron a anegárseles de lágrimas que se limpiaban uno en la manga del mono y el otro con el reverso de la mano. Escuchó también varias toses que parecían provenir de la persona sentada a la izquierda de la señora del pañuelo, y un murmullo generalizado de "ay, mi tía" y "puajjjs" empezó a elevarse por toda la parte de detrás del autobús. Alguien exigió a viva voz que le dejaran salir urgentemente cuando el autobús iba por el carril central sin que hubiese signo alguno de parada.

Y hablando de paradas: ya se iba acercando la de don Upildo cuando el conductor metió uno de sus frenazos de marca, impulsando el zapato como un bólido hacia adelante y por debajo de los asientos, perdiéndose entre un bosque de pies y piernas. Ahora sí que la había hecho buena, pues todo el autobús iba a descubrir de dónde salía aquel espantoso hedor. Intentó agacharse para ver si descubría el zapato pero no tenía espacio; se levantó para mirar por encima de los dos hombres de delante pero desde allí no podía ver el suelo. Su parada ya casi venía y él aún tenía que salir de su asiento, llegar a la puerta abriéndose paso por entre las docenas de cuerpos que se aglutinaban en el pasillo, y además encontrar el zapato. Hubo un momento en el que pensó si no sería mejor olvidarse de él, pero como acababa de perder un par, no quiso. Además, era un zapato nuevo muy bonito y se acordó de que lo había comprado para conquistar a Marta y decidió que de ninguna manera: lo encontraría a cualquier precio. Se levantó del asiento pidiendo paso para salir, y cuando estaba ya de pie en el pasillo preguntó a grito pelado si alguien había encontrado un zapato. Todo el mundo que le oyó giró la cabeza para ver quién hablaba, y tuvo que repetir la pregunta varias veces mientras avanzaba entre la muchedumbre hacia la puerta, mirando al suelo sin parar. Un murmullo de desaprobación se escuchó desde la parte de atrás del autobús al correr la noticia de cuál había sido la fuente de la pestilencia que todos habían padecido.

De repente, alguien de la parte de delante preguntó que de qué color era el zapato.

"¿Cómo que de qué color . . . ?", gritó don Upildo. "¿Qué más dará?"

"Que de qué color", insistieron.

"Burdeos . . . digo . . . Corinto . . .", gritó don Upildo ya nerviosísimo, pues la parada estaba allí mismo.

"¿Pinto?"

"¡Nada de Pinto: Corinto!" chilló él, buscando desesperadamente con la vista a la persona que hablaba.

"¡Aquí hay uno rojo!", dijo un jovenzuelo que estaba cerca de la puerta. "Y hasta trae una especie de pelotitas . . .", añadió.

"Sí, eso, mi zapato. ¡Es mío!", vociferó don Upildo avanzando entre la muchedumbre hacia adelante.

"Pero si ha dicho 'Pinto'; el zapato es rojo . . ."

Se conoce que alguno tenía gana de cachondeo.

Don Upildo entretanto estaba tan apurado intentando avanzar que deseó tener la bolsa de los zapatos viejos para balancearla sobre las cabezas como si fuese el *Botafumeiro*. Así sí que se habría abierto paso.

Un hombre regordete se apiadó por fin de él y le quitó el zapato de la mano al chaval que hablaba, pasándoselo a don Upildo justo cuando el autobús estaba a punto de arrancar de nuevo.

Bajó los escalones con él en la mano, tan nervioso que no se dio cuenta del charco tan enorme que había en la acera, en el que hundió el pie izquierdo hasta el tobillo. Pensó ponerse el zapato hasta llegar a su casa pero no quiso estropearlo con el calcetín mojado, y se fue andando con el pie descalzo hasta el portal.

Entró en casa con la esperanza de que Toñi no le viese entrar con un zapato sí y otro no, pero al abrir la puerta se la encontró que venía de cara por el pasillo hacia la cocina.

"Don Upildo, ¿qué . . . ?"

Él gruñó al verla y se apresuró a distraerla preguntándole que dónde estaba la comida y que se ocupase de traerla lo antes posible.

"Como esté la sopa fría otra vez ya verá. Hala, vaya usted y avíseme cuando esté lista."

Toñi le miró de nuevo de arriba abajo sin decir nada, y se fue para la cocina no sin dejar de observar cómo se alejaba por el pasillo con un zapato muy elegante en la mano y el otro puesto. Iba dejando la huella del pie mojado por toda la alfombra. Al rato le llamó para comer y cuando terminó, recogió la cocina y se preparó para marcharse mientras don Upildo se acomodaba frente al televisor. Cuando entró en el cuarto de estar para despedirse, no sin antes echarle una cautelosa ojeada al terrario, Don Upildo ya la estaba esperando pertrechado detrás de la revista que acababa de comprar y que se había salvado de la batalla del autobús por haberla llevado en el bolsillo de la chaqueta. Era una publicación especializada en animales domésticos. El reportaje del mes se titulaba:

MASCOTAS EN EL HOGAR:
LA TARÁNTULA

Y exhibía en portada una araña peluda grandísima a todo color. Tenía la revista puesta frente a la cara como si la estuviese estudiando detenidamente.

"Hasta pronto, Toñi. Que lo pase bien", murmuró, parapetado aún tras la misma.

Y, como le costase contener la risa, se levantó como con prisa para ir al baño, no sin antes dejar la revista tirada en la butaca con la portada bien visible.

Cruzó por delante de una Toñi cuya vidriosa mirada se había quedado clavada en el arácnido y allí la dejó, con la boca abierta, para poder reírse a sus anchas sentado cómodamente en el retrete.

Don Upildo no era muy aficionado a la tele, pero sí le gustaba sentarse a verla después de comer para reposar la comida, costumbre que le había llevado a entrar en contacto con las telenovelas. Las telenovelas, sí: esos episodios melodramáticos usualmente sudamericanos que se transmiten todos los días que a veces duran meses, y que están diseñados para venderles perfumes y coches a los pobres, viejos y feos mientras ven disfrutar por la tele a los ricos, jóvenes y guapos.

La novela de que se trataba era, como de costumbre, otra versión más de 'La Cenicienta', esta vez en un rancho. Los nombres y el aspecto de los protagonistas habían sido estudiados cuidadosamente. La protagonista, por ejemplo, era una chica muy guapa rubia y de ojos claros, a la que habían dado un nombre ambiguo para no caer en demasiada extranjería: 'Melinda'. El galán era un joven de muy buen ver con rasgos de indígena de América Central. Le habían puesto el nombre de 'Tenoch'. Por otra parte, don Upildo pensaba que lo de 'Melinda' había sido una decisión que los productores habían debido tomar también por razones económicas, pues si la hubiesen llamado por ejemplo 'Chalchiuhtlicue', habrían perdido dinero ensayando su pronunciación y repitiendo tomas cada vez que se equivocasen los actores.

Los demás personajes eran de varios países con un argentino o español de vez en cuando y algún que otro de Venezuela o país afín. Se conoce que ya tenían vendidos los episodios a ciertas naciones y contrataban a los actores por países según las ventas. Para asegurarse de que el público captaba la nacionalidad de cada personaje, los productores habían asignado un tipo de música a cada uno, de manera que cuando el argentino aparecía en pantalla siempre le precedía un tango apasionado, y cuando entraba la española, un pasodoble. Al venezolano, que hacía el papel de tío de Melinda, le habían asignado *La Pollera Colorá* en su versión instrumental, pues se ve que no habían podido buscar otra melodía que no estuviese sujeta a derechos de autor.

La trama de la telenovela había asignado a Melinda el papel de humilde chica de la limpieza, adoptada por una familia riquísima, de la que el tal Tenoch era el joven heredero. El padre del chico era un hombre maduro pero todavía sexy, cuya mujer iba siempre arregladísima aunque fuese recién levantada. De hecho, el elenco en pleno llevaba cada pelo en su sitio a todas horas. Las mujeres iban siempre maquilladas y esbeltas y los hombres iban vestidos de punta en blanco y bien afeitados. Todos tenían pinta de pasarse horas en el gimnasio pero no se les veía en pantalla más que tomando cócteles y comiendo cosas exquisitas que los televidentes probablemente jamás habían probado ni probarían. La casa se veía inmaculada. Hasta la tal Melinda iba siempre enjaezada y estupenda incluso, o mejor dicho especialmente, cuando iba pasando la escoba por el salón, contoneando las caderas, con aquella cascada de rizos dorados meneándosele por el escote a ritmo de cumbia.

Cuando salía alguna escena de dormitorio, don Upildo se preguntaba si aquella gente no dormirían levitando, pues amanecían ellas con todos los rizos tiesos y el maquillaje fresco, y ellos con el pelo engominado y sin una legaña.

Pasando por alto aquellas incongruencias, el caso es que Melinda y Tenoch se querían pero no se podían casar porque ella era pobre como una rata, y además supuestamente eran hermanos; pero al final se descubría invariablemente que no solo no lo eran, sino que ella era en realidad una rica heredera y al final terminaban casándose y viviendo como reyes en aquel rancho de súper lujo. Entonces empezaba otra telenovela que contaba más o menos lo mismo, pero variando un poco los escenarios y nombres.

Don Upildo intentaba seguir la novela más que nada por poder observar a la magnífica Melinda, quien por cierto le recordaba mucho a su adorada Marta. Pero la mayor parte de las tardes se dormía a la mitad para despertarse a los compases del tema ranchero que cerraba el programa junto con los títulos.

Sin embargo, algo tenía la televisión que deprimía a don Upildo, pues de alguna manera siempre terminaba triste y ojeroso al comparar su físico con los bellos efebos que aparecían en pantalla; y, la verdad, su modesto piso también salía bastante mal parado en contraste con aquel pomposo rancho con piscina.

"¡Ah, si fuera guapo y rico, no iba a tardar nada Marta en caer rendida a mis pies!", se lamentaba. Pero como había tomado la decisión de contratar los servicios de los Centros de Belleza Apolo, se sintió más animado.

Una vez más, la máquina de propaganda que formaban la tele y la prensa había alcanzado también a aquel señor cuya ambición adquisitiva natural era la de comprar una barra de pan, transformándolo en un buen consumidor, obediente y disciplinado.

MARTES

DON UPILDO llegó a su cita con quince minutos de adelanto. Aunque podía haber ido a pie, pues no había ni diez minutos de distancia entre su casa y el Centro, había tomado un taxi para llegar descansado y con su mejor aspecto, ya que pensaba que a menores arrugas y michelines, mejor precio.

El edificio estaba en un calle cerca de Leganitos y era una casa funcional, moderna y con pinta de cobrar caros servicios. Un conserje remilgado le indicó con la cabeza el letrero que decía:

CENTROS DE BELLEZA *APOLO*, 5° C

Una linda enfermera le recibió, entregándole un fajo de papeles para rellenar: historial médico, objetivo de la visita, alergias, contactos y un largo cuestionario con preguntas personales de lo más vergonzoso. El total de la 'inversión' se situaba por encima de las 80.000 pesetas para un período de tres meses. Don Upildo extendió un cheque, no sin haber tomado nota del apartado en letras pequeñas en que se le ofrecía la ocasión de recuperar su dinero al cabo de un mes si no quedaba satisfecho. La cita se la dieron para el día siguiente, advirtiéndole que desayunase ligero y viniese preparado para empezar el programa de ejercicio.

Encantado, encaminó sus pasos hacia El Corte Irlandés dispuesto a hacerse lo antes posible con el equipo necesario para su nueva aventura. Una vez allí, buscó la sección de Deportes y empezó a ver chándales de la sección 'Ofertas' hasta encontrar uno que le pareció apropiado pues era de un sobrio azul marino con el escudo de España bordado en el pecho y bandas con los colores de la bandera nacional a lo largo de mangas y perneras. Al parecer, aquel había sido el uniforme de la selección española de gimnasia masculina de ciertos juegos olímpicos y, aunque le quedaba bastante estrecho y corto de piernas, lo compró sin dudar, pues don Upildo era patriota ferviente y no perdía ocasión de promulgarlo.

Acto seguido se fue a la sección 'Zapato Deportivo', donde compró unas Adidacs de las llamadas 'todo-terreno' gastando algo más de lo previsto; pero todo lo dio por válido con tal de evitar que algún detalle técnico amenazase el éxito de tan prometedora empresa.

Volvió a casa andando, convencido de haber invertido su dinero en una causa que valía la pena pues, ¿qué tenía que perder? Los kilos.

Volvió a casa con la bolsa de las compras bajo el brazo y, mientras sacaba el chándal y las zapatillas, tropezó con los zapatos tan finos que había comprado ayer. El zapato izquierdo tenía que ir a la horma urgentemente; se lo diría a Toñi para que lo llevase al zapatero cuando bajase a la compra. Pero luego pensándolo bien, como ella no iba a venir hasta el viernes, decidió llevarlo él en persona. Lo metió en una bolsa y salió.

La tienda del zapatero estaba una boca calle más adelante de la casa de don Upildo, a la izquierda. Era un local antiquísimo, pequeño y oscuro, que tenía un letrero de espejo esmerilado. Se entraba por una puerta acristalada y en el suelo había varios peldaños de bajada. La tienda tenía un mostrador detrás del cual había dos hombres sentados frente a sus yunques claveteando, cosiendo y pegando suelas y tacones. El local olía a centenares de pies y a cuero y a caucho, mezclado con el potente aroma a pegamento de suelas y a tabaco. Las paredes estaban forradas de estanterías rectangulares que iban desde el suelo hasta el techo donde cada par de zapatos esperaba a que le tocase su turno para que lo remendasen o a que viniese su dueño a por ellos.

Los dueños de la zapatería eran los dos hermanos que había sentados trabajando detrás del mostrador. Llevaban puestos sendos delantales de cuero muy desgastados; ambos tenían el pelo largo y se lo peinaban engominado hacia atrás, al estilo de la post-guerra. Tenían la piel de las manos curtida y renegrida y unas uñas sucias y un poco largas. Las manos eran huesudas y grandes y los dedos, deformados por el trabajo diario. Los dos remendaban el calzado, pero era el mayor, el único que fumaba, quien estaba al cargo de recibir los pedidos, cobrar y entregar mientras que el pequeño, algo más grueso, se afanaba en silencio. Los dos se llevaban bastante bien excepto en materia político-futbolística, pues el mayor era socialista y forofo del Rayo y el pequeño siempre había sido muy de derechas y del Real Madrid.

Cuando Don Upildo entró en la zapatería no había ningún otro cliente. La radio daba las noticias de Radio Intercontinental mientras el repiqueteo de los martillazos acompañaba a la voz del locutor como si fuese el tema de fondo de una película.

El más mayor de los hermanos se levantó de su taburete y se acercó al mostrador.

"Buenos días. ¿Qué desea?," preguntó, echando una ojeada de pocos amigos a la banderita española que llevaba aquel día don Upildo en la solapa.

"Traigo este zapato para que lo metan en la horma. Me queda pequeño".

"Muy bien. ¿Y el otro?"

"Al otro no le hace falta; por eso no lo he traído".

"Pues lo siento pero no admitimos zapatos sueltos. Tiene que ser el par".

"Si ya le digo que al otro no le hace falta . . .", insistió don Upildo.

"Y yo le digo que necesito los dos zapatos", contestó, con un ligero tono de impaciencia.

"¿Se puede saber por qué?"

"Porque con uno solo no sabríamos si el otro se ha perdido en la tienda o si es el dueño quien no trajo más que uno, lo cual nos ha creado un montón de problemas con otros clientes. Es una cuestión de organización laboral interna. ¿Comprende?" Empezaba a sacar el tono chulo y altanero del currante acostumbrado a la lucha sindical, pues aquel zapatero formaba parte de la directiva del movimiento laboralista y olía a sangre fresca de 'facha' en aquel cliente aburguesado.

Hubo un momento de silencio mientras don Upildo intentaba comprender. Por fin dijo:

"Explíqueme usted una cosa", empezó. "Si una persona pierde la pierna o ha nacido sin ella, ustedes entonces no le atienden? Si es así, están discriminando al público, ¿se entera?" se respondió a sí mismo para darle una cucharada de su propia medicina a lo que barruntaba ser un desestabilizador de izquierdas.

El hermano más joven miraba de vez en cuando en la dirección de ambos, pues la conversación se hacía más larga de lo normal y los tonos de voz empezaban a subir gradualmente.

"Pues no sé si será discriminación pero le diré que no lo admitimos. Y le voy a decir por qué: porque todos los zapatos del mundo vienen en pares: uno para el pie derecho y otro para el pie izquierdo", dijo, gesticulando ampliamente apuntando con el dedo a cada pie según hablaba. "Ahora bien, si su dueño no utiliza más que uno, eso a mí eso no me afecta. Si usted le quiere llamar a esto discriminación, está usted en su pleno derecho . . . ." Estaba perdiendo la paciencia. "Vuelva con el otro zapato y le atenderemos", concluyó. Y dándose media vuelta se sentó en el taburete volviendo a su trabajo sin más.

Don Upildo no se rendía. "Pero que le digo que al otro zapato no le hace falta, señor mío . . ."

El otro zapatero intervino:

"Paco, déjale que traiga un zapato solo. Total, es una horma nada más . . ."

"Nada de eso. Las reglas son para todos", le contestó a su hermano. Y volvió a hundir la cabeza en el trabajo con expresión taciturna.

Mucho le fastidiaba a don Upildo todo aquello pero terminó admitiendo que no le quedaba más remedio que hacer lo que se le decía bajo pena de no poder usar los zapatos, pues no había otros remendones en todo el barrio y aquellos zapatos los necesitaba por si surgía tener que ir a conocer a Marta. Terminó teniendo que volver a casa a por el otro zapato. Iba furioso. Subió a su casa a toda prisa, sacó del armario el zapato que faltaba y empezó a buscar una bolsa para no llevarlo a la vista, pero como no la encontraba se impacientó y se echó de nuevo a la calle con el zapato en la mano. Su furia iba aumentando según se acercaba a la tienda, pues se sentía no solamente molesto por la pérdida de tiempo por una causa que consideraba ilógica, sino también humillado. Iba avanzando a grandes pasos con la mirada torva cuando adelantó a su vecina Doña Queta, que iba arrastrando el carrito de la compra. Ella le reconoció incluso de espaldas, y le iba a decir algo pero se dio cuenta de que iba con prisa y no le dio tiempo. No se le perdió el detalle del zapato en la mano. Don Upildo ni siquiera la vio de lo furioso que iba, farfullando insultos para sus adentros mientras avanzaba con grandes zancadas hacia la tienda de los zapateros.

"Aquí tiene el otro", dijo, plantándolo en el mostrador de un sonoro zapatazo.

El tal Paco tardó unos momentos en levantarse de la silla, consciente de que obrar con lentitud enfurecería todavía más a don Upildo. Por fin se acercó al mostrador y, dirigiéndole una mirada incisiva, le espetó:

"Así me gusta", y lo dijo con un tonito que no pretendía disimular la suprema alegría de haber vencido a aquel tío fascistón. Después de perder más tiempo haciendo como si inspeccionase los zapatos, continuó:

"Veamos ahora: ¿qué es lo que quiere exactamente?"

Don Upildo suspiró. "Otra vez: quiero que meta en la horma el zapato izquierdo, ese que tiene aquí. El derecho lo traigo para que los señores zapateros se organicen . . ."

El sarcasmo no cayó en saco roto, pues el tal Paco le miró con ojo amenazador, dispuesto a seguir la batalla, pero su hermano intervino desde el fondo con un "¡Paco!" que pareció mitigar de alguna manera su actitud agresiva.

"¿Qué necesita?, ¿más largo, más ancho . . . ?", preguntó el tal Paco todavía con cara de muy malas pulgas.

"Pues . . . más largo, más ancho y más alto".

"Más alto no se puede. Solamente ancho y largo . . ."

"¿Que no hay alto? Pero hay que ver qué malísimo servicio dan ustedes . . ."

"Pues esto es lo que hay", contestó Paco tamborileando con los dedos sobre el mostrador. "Si quiere me los deja y si no, muy buenas tardes . . ."

Don Upildo estaba que explotaba pero acertó a decir:

"¿Qué vale?"

"Para todo el mundo es gratis. Para usted, doscientas cincuenta *pelas*".

"¿Ah, si?¿Y por qué?"

"Porque estos zapatos son muy feos; no me gustan Son zapatos de fascista. Los zapatos de fascista se cobran más".

"¡Esto es un agravio y una injusticia!", clamó don Upildo.

En esto intervino el hermano:

"Paco: ya está bien. Cógele los zapatos a éste señor y acabemos de una vez".

"Ah, claro, como éste es de los tuyos . . ." Se calló un momento en el que pareció redirigir su furia, emprendiéndola entonces contra los zapatos:

"Y feos que son", añadió, mirándolos con desprecio. "¿Quién le ha engañado? Los flecos no se llevan desde el año de la Tana, y las borlas son una chorizada. ¿Adónde va a ir con esto? . . . Y el color . . . Un tío con zapatos rojos . . . ¿Dónde se ha visto? . . ."

"¡No son rojos, que son Corinto o Burdeos!," se defendió don Upildo.

"Ya, claro, este tío, ¿cómo iba a llevar nada rojo? . . .", dijo, pinchándole otra vez con el tema de la política.

"Paco, ¿le atiendes o te vas a por tabaco?", intercedió su hermano desde atrás.

Paco sacó con desgana el libro de los encargos del que arrancó una hoja numerada y la partió en dos, dejando encima del mostrador el resguardo para que lo recogiese don Upildo, por no dignarse a dárselo directamente en la mano.

"Vuelva en una semana", le dijo, mientras guardaba la otra parte del resguardo en la bolsa.

"Pero bueno, ¿no va ni a anotar el encargo? ¿Cómo se va a acordar? ¿Y si mete en la horma el que no es? Haga el favor de escribir ahí lo que yo le diga. Apunte: 'meter zapato izquierdo en horma largo y ancho'. Ah, y el precio ahora, ¿cómo se queda?", preguntó, consultando con la mirada al hermano.

"Pero, ¿me va a decir a mí cómo me tengo que organizar en mi trabajo?", le contestó Paco con muy malísimo tono, avanzando amenazadoramente sobre don Upildo. "Ya se lo he dicho antes: el precio es gratis para todo el mundo, ¡pero a los fascistas les cobramos trescientas *pelas*!" ladró. "¿Ha visto? Ya ha subido el precio. ¿Ve lo que nos pasa por tener un gobierno de derechas?"

El hermano se levantó de la silla y empezó a empujar a Paco fuera del mostrador hacia la puerta.

"Hala, a por tabaco. Venga, ya termino yo".

Paco empezó a protestar pero el otro le dijo algo en voz baja que al parecer le convenció para que se marchase, no sin antes echarle a don Upildo una mirada asesina y mascullar unos cuantos insultos entre dientes.

Don Upildo le miró divertido, pues de alguna manera se estaba sintiendo vindicado. Cuando por fin se fue, el segundo zapatero volvió a la parte de detrás del mostrador, sacó el resguardo de la bolsa de zapatos y garabateó algo en él para tranquilizar a don Upildo, quien farfullaba insultos en voz baja contra el tal Paco hasta que el hombre le interrumpió:

"Estarán listos en una semana, y es gratis, como a todo el mundo. Ahora, por favor, váyase".

Aquel precio le pareció justo a don Upildo, y entre esto y la ausencia de Paco se le mejoró el humor considerablemente. Se guardó el resguardo en el bolsillo y, despidiéndose civilizadamente del zapatero, salió a la calle de nuevo. Iba por la acera cuando vio a Paco que venía hacia él, de regreso a la tienda. Don Upildo pensó en cruzar la calle pero le pareció una cobardía y decidió mantenerse en su ruta, con la mirada puesta en el hombre que venía de cara hacia él. Se cruzaron los dos mirándose a los ojos como dos pistoleros del Lejano Oeste, y al pasar junto a don Upildo el zapatero soltó un formidable escupitajo en el suelo que casi le cae en la pernera del pantalón (el equivalente a una bala perdida de rifle *Winchester*). Como el gargajo había errado, don Upildo no se molestó en desenfundar; siguió hacia adelante sin mirar atrás, y no paró hasta que cerró la puerta del portal tras de sí. "El mejor desprecio es no hacer aprecio," se dijo. Y bien cierto fue, pues a Paco le sentó como un rayo el no haber obtenido respuesta.

Subió en el ascensor solo, lo que consideró una bendición, ya que don Upildo aborrecía tanto las conversaciones casuales de ascensor como los alientos de los compañeros de viaje, pues era una cabina pequeñísima. La única manera en la que hubiera disfrutado de algún viaje en aquel ascensor hubiera sido si Marta viviese en su mismo edificio. Pero no era así. Lo cual era una pena.

Los vecinos más cercanos a la casa de don Upildo eran los de la puerta B, que estaba frente a la suya al abrir el ascensor. Era una familia diríase oscura y no de piel precisamente, sino de espíritu. Estaba compuesta por padre, madre, hijo, hija y abuela (madre de él) quien, a juicio de don Upildo, debía ocuparse principalmente de la cocina, pues casi nunca la veía como no fuese sacando de cuando en cuando el cubo de la basura.

El padre, que incidentalmente se apellidaba Da Pena, era un hombre de mediana estatura, delgado y un poquito calvo, que iba siempre muy atildado con su chaqueta y corbata. Era notario. Su mujer era morena, también delgada, y llevaba un moño bien recogido y vestidos pasados de moda. El hijo mayor, estudiante de profesión, era bastante pedante y solía acarrear libros con frecuencia; siempre iba con el diario 'EL PAISANO' bajo el brazo. Lo de 'EL PAISANO' era cosa que fastidiaba a don Upildo, pues eso de andar dando vueltas por ahí con un periódico liberal no daba mucho tono a la casa.

Por último, la hija era morena y bajita, y siempre llevaba el pelo lacio y suelto; era un poco o mejor dicho bastante simple de forma de ser.

Aquella familia parecía llevar una nube negra sobre la cabeza, y otra real, pues todos fumaban en aquella casa, incluyendo a la abuela. Cuando se abría la puerta se veía siempre un fondo brumoso y se percibía un tufo a tabaco dignos de una cueva Neandertal. Además, todos tenían una expresión lúgubre y tristona, de comisuras rígidas y verticales y bocas vírgenes de sonrisas, no digamos de carcajadas. Aquella impenetrable oscuridad había llevado a don Upildo a rebautizar a la familia como 'Los Munster'.

Más cosas en común: todos tomaban un montón de café; todos veían las noticias de la tele y alguna película selecta y nada más, desdeñando programas como 'Sábado Sabadete' por considerarlos de poco contenido intelectual. Razón les daba don Upildo en eso, si bien lo cierto era que muchos sábados él mismo se tragaba el programa, pero solamente cuando el aburrimiento y la apatía le resultaban intolerables. Y cuando lo hacía, se arrepentía luego infinito de haberles regalado tantas horas de su vida a las compañías que se anunciaban en el programa.

En opinión de don Upildo, los hombres Munster eran marxistas de aula, defensores de la izquierda principalmente por aborrecer al Ejército y a la Iglesia. "El típico pataleo perdedor", pensaba don Upildo refiriéndose a la guerra civil. Y siempre que se le iba la mente a aquellos terrenos se acababa alegrando de que hubiese ganado su bando, los nacionales.

De las mujeres Munster don Upildo no sabía mucho, pues no iban nunca a las juntas de vecinos, y además no llevaban publicación alguna bajo el brazo cuando entraban o salían de casa, por lo que no podía identificar su ideología, si es que la tenían. Y don Upildo dudaba que la tuvieran, pues consideraba a las mujeres como seres deliciosos y agradables, algunas, pero sin capacidad para pensar a altos niveles. Salidas de la costilla del hombre, ¿qué otra cosa podía esperarse?

Mientras su mente se prodigaba en tales pensamientos, fue distraídamente a ver lo que estaba haciendo Cule, cuando notó que el terrario estaba vacío, pues había debido dejarse la tapa abierta cuando le fue a cambiar el agua y el animal se había escapado. Don Upildo empezó a buscarla por la casa, y al llegar al salón vio que la puerta acristalada que daba a la terraza estaba abierta. El corazón le dio un vuelco, ya que sabiendo lo que le gustaba a Cule tomar el sol, estaba seguro que había salido por allí. ¿Cómo se había podido dejar aquello abierto también? Maldiciéndose por haber sido tan torpe, salió apresuradamente a buscarla a la terraza. Allí tampoco estaba pero al darse la vuelta para volver, la vio al otro lado de la reja que separaba las dos viviendas. Cule estaba más o menos en mitad de la terraza de los Munster, pegada a la pared.

Qué alivio le vino a don Upildo, pero con ello también le invadió la desazón de cómo hacer para que volviese el animal a su casa sin llamar la atención de sus vecinos, pues no sabían nada de su mascota. E intuía que no iba a ser nada bueno el que lo supieran porque el comité de propietarios ya había obligado a una familia a desembarazarse de su nutria por considerarla un riesgo para la salud de la vecindad.

Don Upildo empezó a pensar en una estratagema para recuperarla. Como era la hora de comer, lo más seguro era que no estuviesen en casa más que la señora Munster y su suegra, pues el padre estaría trabajando y los hijos ocupándose de sus estudios o de lo que fuese que hicieran. A estas horas, las dos mujeres estarían seguramente en la cocina o en el cuarto de estar, ninguno de los cuales tenía por fortuna acceso a la terraza.

Se puso a llamar a Cule bajito para ver si venía por su propia voluntad pero, o bien estaba dormida, o no quiso venir. No se le ocurrió nada durante bastante tiempo hasta que recordó de nuevo que era la hora del almuerzo: ¿por qué no atraerla con algo de comer? Inspeccionó las distintas ratoneras pero no tuvo suerte; además ni siquiera quedaban huevos en la nevera. Pero, ¿y el ratón que congeló el otro día? Abrió el congelador, lo sacó de la bolsa y se lo llevó para la terraza, agarrándolo por el rabo.

El salón de los Munster también daba a la terraza, igual que el de don Upildo, y podía ver parte de su interior a través de la reja divisoria. No se veía a nadie. Se sentó frente a la reja con el ratón en la mano y empezó a llamar a Cule suavemente, balanceándolo para que lo viera. Cule no se inmutó al principio, pero a base de llamarla y llamarla sin parar de mostrarle la golosina, levantó por fin la cabeza con curiosidad y terminó por ponerse a reptar lentamente hacia él. Ya casi estaba junto a la reja, pero por alguna extraña razón se detuvo como a un metro de la misma, pareciendo ponerse a dormitar otra vez, y por más que don Upildo la llamaba y le enseñaba el ratón, ya no se movía. "Ya está", pensó don Upildo: atando el ratón por el rabo se lo arrimaría y cuando se lo tragase tiraría de ella para hacerle así cruzar la reja de nuevo. Volvió con el cabo y lo ató al ratón como pudo, ya nervioso y sudando, pues el sol pegaba bastante fuerte y llevaba ya mucho rato allí; además, temía que pudiesen entrar al salón cualquiera de las dos mujeres Munster y que le encontrasen aparentemente introduciendo un ofidio y un roedor congelado en su propiedad. Tampoco había contado con cómo pasar el ratón por la reja, pues le estorbaban los barrotes para lanzar la cuerda, y tuvo que volver a por la escoba para empujar al ratón hacia la serpiente.

Cule tardó en decidirse a comérselo, cosa normal tratándose de un alimento congelado, pero por fin pareció entender, abrió las quijadas de par en par y se lo empezó a tragar lentamente. En cuanto don Upildo vio que llevaba como la mitad entre las mandíbulas, perdió la paciencia y tiró de la cuerda para empezar a acercarla a la reja con tan mala suerte que se soltó. Cule estaba otra vez en la terraza sola, ahora con un ratón parcialmente metido dentro en la boca. Don Upildo contempló impotente cómo se tragaba el resto. La cosa no iba bien.

Don Upildo llamó a Cule otra vez un poco por inercia, pues ella no obedecía casi nunca pero, para su sorpresa, le respondió iniciando una repta displicente. No salía de su asombro, sobre todo cuando vio que incluso metía la cabeza entre las rejas con intención de cruzar de nuevo a su casa. La animaba, y hasta estalló en una risotada de alivio cuando pasó la cabeza completa entre los barrotes; pero desgraciadamente el cuerpo del ratón le creaba un bulto grandísimo a la altura del cuello, y aunque don Upildo la animaba para que siguiese empujando, se quedó irremisiblemente atascada entre los barrotes. Si Cule tardaba días en digerir los ratones frescos que tan amorosamente le procuraba su dueño, no quería ni pensar en lo que tardaría tratándose de uno congelado. No se le ocurrió nada mejor que cruzar a la terraza de sus vecinos por encima de la barandilla. Era peligroso y además don Upildo le tenía horror a las alturas, pero no podía arriesgarse a perder su animal.

Se fue a por una silla y la colocó junto a la reja. Haciendo un esfuerzo ímprobo y cerrando los ojos, se subió a la silla, puso un pie en la barandilla, pasó el otro al otro lado de la reja y de un salto se encontró en la terraza de los Munster. De rodillas, desatascó la cabeza de la serpiente de entre los barrotes y se dispuso a volver de la misma manera que había entrado, pero sin silla no había manera de volver a saltar la reja. Qué horror. ¿Cómo explicaría su presencia en casa ajena, y abrazado a una serpiente rellena de ratón? Empezó a inspeccionar la puerta acristalada con la esperanza de que estuviese mal cerrada o entornada y esta vez hubo suerte, pues resultó estar entreabierta, seguramente que para ventilar el humo del tabaco. Abrió la puerta sigilosamente y entró al salón. Todo estaba silencioso y en tinieblas, y don Upildo siguió adelante con el pulso palpitándole sordamente en los oídos hasta que llegó a la puerta principal. Si había alguien en la casa, no se les veía ni oía, por lo que manipuló con cuidado el pestillo de la puerta y la abrió. Salió rápidamente y la cerró despacio, pero al darse la vuelta para entrar en su casa se dio cuenta de que no tenía la llave. La única copia la tenía el conserje, pero no podía bajar a buscarla con la serpiente en las manos. No quería ni pensar en encontrarse a algún vecino saliendo del ascensor con una pitón enrollada en la cintura.

Después de mucho elucubrar, decidió bajar en el ascensor con ella y depositarla en el suelo para, una vez en la planta baja, dejar la puerta abierta de la cabina mientras le pedía la llave al conserje y volver rápidamente al ascensor antes de que la viese nadie. Entró pues en el ascensor con Cule y al llegar a la planta baja abrió la puerta con cuidado por si acaso hubiese alguien esperando. No había nadie. La puerta del ascensor era de las que se cierran automáticamente, y don Upildo no tenía medio de mantenerla abierta. Menos mal que como era hombre de recursos, se le ocurrió quitarse un zapato para ponerlo como tope entre la puerta y el marco. Así lo hizo, y dejó al ofidio en el ascensor. Se fue corriendo por el descansillo hasta llegar al mostrador del conserje, a quien encontró estudiando minuciosamente la guía de teléfonos. Rogelio (así se llamaba el portero) notó rápidamente que le faltaba un zapato, pues tenía vista de águila para los detalles nimios si bien, curiosamente, no veía nunca suciedad que mereciese limpiarse.

Don Upildo le pidió la llave con urgencia y Rogelio, intuyendo que tenía prisa, redujo automáticamente la velocidad de sus movimientos, pues siempre estaba descontento con su salario y demostraba su enojo fastidiando a los vecinos en cuanto podía. Se estaba levantando a cámara lenta para ir hacia el armario de las llaves cuando se abrió la puerta de la calle dejando paso a doña Queta, quien volvía de la compra todavía con su carrito. Doña Queta vivía dos pisos encima del de don Upildo y por supuesto querría utilizar el ascensor. El portero estaba abriendo el armario despacio, saboreando cada instante en el que notaba la tensión de su patrón, y don Upildo comprendió que tenía que hacer algo para evitar que la señora llegase al ascensor antes que él. Se retiró del mostrador en el que había estado virtualmente colgado, pendiente de los lentísimos movimientos del bueno de Rogelio para interponerse entre doña Queta y el ascensor.

"Ay, doña Queta . . . ¿Cómo le va?", dijo, carraspeando un poco. "Mire, no la voy a entretener pero quería decirle que tengo un catarro tremendo y acabo de bajar por nuestro ascensor. Para que no se contagie, creo que será mejor que suba usted por el de la otra escalera, hágame caso . . .", dijo con tono apremiante. Y, tomándola por el codo la dirigió apresuradamente hacia el otro ascensor. Doña Queta, como era tan hipocondríaca, no se hizo rogar. En cuanto hubo desaparecido de su vista, apremió al portero con un tono confidencial que sin embargo no admitía disculpas:

"Rogelio, haga el favor de dar con la llave, hombre; hay que ver lo mal organizado que lo tiene usted todo . . .", musitó, mirando nerviosamente hacia el portal por si venía algún otro vecino.

El portero comprendió que en algún momento tendría que capitular, de manera que terminó por abrir el puño revelando la llave que había encontrado hacía ya bastante rato.

"Gracias, hombre", dijo don Upildo con tono sarcástico echándosela al bolsillo y dirigiéndose hacia el pasillo. En aquel momento empezaron a escucharse los golpes de alguien que necesitaba el ascensor y que se quejaba de que la puerta estuviese abierta. Además, entró de la calle el chico Munster con su repelente periodicucho bajo el brazo; otro que iba directo hacia la cabina, y además a paso ligero.

Don Upildo emprendió la carrera hacia el ascensor pasando por delante de su vecino y llegando justo antes de que aquél pudiese adelantársele. Maldición: la puerta estaba cerrada, y de Cule no había más rastro que el zapato de don Upildo, que parecía un barco solitario flotando en el suelo. La flecha del ascensor indicaba que la cabina había pasado ya el tercer piso (el de don Upildo y los Munster), y seguía su trayecto hacia arriba transportando su carga preciosa. Pensó que Cule había debido moverse y empujado el zapato desplazándolo de la puerta. Y ahora alguien había llamado al ascensor.

Entretanto, el chico de los Munster miraba alternativamente al zapato y a los pies de don Upildo, intentando sacar alguna conclusión lógica. Pero éste no estaba pendiente de otra cosa que de lo que pasaría cuando quien había llamado al ascensor abriese la puerta y se encontrase a la serpiente dentro. La luz de 'Puerta Abierta' se encendió, seguida de la de la flecha de bajada. Nada raro parecía suceder. Mientras la cabina descendía los primeros pisos no se escucharon más que los sonidos normales de la maquinaria del ascensor, pero de repente se oyó un tumulto indefinible seguido de un alarido aterrador.

El chico Munster dirigió una breve mirada a don Upildo para asegurarse de que él también lo había escuchado a la que él correspondió mientras pensaba a toda prisa en lo que iba a decir cuando saliese del ascensor la persona que fuese. A aquel primer berrido le siguieron varios más, que no hacían sino ir en aumento mientras bajaba la cabina. A todo esto Rogelio también se les había unido, atraído por el griterío. Los tres hombres tenían la mirada fija en las luces indicadoras del ascensor, que iba bajando a su ritmo, cuando se detuvo entre los pisos segundo y primero. Los gritos eran ahora inenarrables. Don Upildo estaba palidísimo y los otros dos miraban hacia arriba sin comprender y empezaron a golpear la puerta.

Con el fin de intentar ser el primero en comunicarse con la persona, a ser posible sin testigos, don Upildo se lanzó todo lo rápido que le permitían sus pies, uno descalzo y el otro calzado, por el vestíbulo hacia las escaleras. Subió al primer piso y allí empezó a aporrear la puerta del ascensor, pero como seguían los gritos y no obtenía respuesta, volvió a las escaleras para subir al piso de arriba. Al llegar allí volvió a palmear la puerta pero en lugar de conseguir comunicarse, vio con horror que las luces del ascensor indicaban que se había puesto en funcionamiento de nuevo, ahora con la flecha hacia arriba. Esperó hasta ver adónde paraba, que fue entre los pisos cuarto y quinto, y emprendió de nuevo la carrera escaleras arriba hasta llegar al cuarto piso. El ascensor seguía parado y podía ver las piernas de una persona por el ventanuco de la puerta. Frenético, la emprendió a golpes diciendo:

"¡Déle al botón del cuarto, al botón del cuarto!"

Los gritos se oían ahora perfectamente: eran los de una mujer, y parecieron detenerse unos momentos, cosa que don Upildo aprovechó para volver a pedirle que enviase el ascensor al piso cuarto. El ascensor se volvió a poner en movimiento pero pasó de largo frente a don Upildo quien se lanzó escaleras abajo ahora hacia el piso tercero, persiguiendo al maldito ascensor. Al llegar a la puerta vio que ahora iba por el piso segundo. Tenía que llegar lo antes posible a la planta baja. Asumió que en algún momento terminaría allí, por lo que siguió trotando escaleras abajo hasta que, cojeando aún más, se personó por fin en la planta baja. Llegó en el preciso momento en el que se abría la puerta del ascensor del que salió en estampida la señorita Blasco, famosa actriz teatral. Llevaba la boina ladeada, le faltaba también un zapato y tenía la cara tan blanca como el papel. Rogelio y el chico Munster soltaron la puerta, momento que aprovechó don Upildo para agarrarla antes de que se cerrase y meterse dentro. Le dio apenas tiempo de pulsar el botón de su piso. Entretanto, Rogelio y el chico se habían olvidado de don Upildo, ocupados como estaban de calmar a la señorita Blasco quien no paraba de gemir, histérica, señalando al ascensor.

Cule seguía en el suelo, replegada en el rincón donde la dejó, asomando la cabeza tímidamente por entre uno de sus pliegues. Estaba asustada la pobrecilla. La levantó del suelo y en cuanto llegó a su piso se lanzó fuera del ascensor y abrió apresuradamente su puerta cerrándola tras de sí con pestillo. Solamente entonces se dio cuenta de que se había dejado el zapato abajo.

Llevó a la serpiente a su terrario y la depositó con todo cariño en el fondo, asegurándose de que tenía agua suficiente. Mientras tanto, sus pensamientos estaban en los tres personajes que había dejado atrás, preguntándose cuándo vendrían a por él. Pasó bastante rato pero al fin oyó llegar al ascensor e inevitablemente sonó el timbre. Se quitó el otro zapato para poder acercarse a la puerta sigilosamente y mirar por la mirilla. No se veía más que la cara larga y grisácea del chico Munster. Llamó varias veces.

"Señor Ruebañoz, abra. Soy yo, Fidel Da Pena".

Don Upildo estaba indeciso.

"Abra. Le traigo el zapato".

Don Upildo seguía dudoso, pero pensó que como tarde o temprano tendría que enfrentarse a las preguntas, valía más que abriese y terminase con todo aquello de una vez.

"Aquí tiene su zapato. ¿Por qué ha salido usted corriendo de esa manera?"

"Una urgencia fisiológica incontenible, hijo. Incontenible".

"Y, ¿qué hacía usted ahí abajo con un zapato solo?"

"Se me había atrancado en la puerta y alguien que utilizó el ascensor debió desatrancarlo".

El chico puso cara de parecer comprender.

"¿Vio usted algo en el ascensor?" preguntó, cambiando de tema.

"¿En el ascensor?"

"Sí, claro, en el ascensor".

"Pues un ascensor. ¿Qué voy a ver?"

"Moncha Blasco dice que había allí una serpiente. Qué raro, ¿no?".

"Huy, muy raro. Rarísimo", contestó don Upildo. "Vamos, como que no es cierto. Allí no había nada. ¿Cómo va a haber una serpiente en un ascensor, qué tontería es esa?" añadió. Pensó un momento en su siguiente estrategia susurrando: "Claro que tratándose de la Blasco, se puede esperar cualquier cosa. Todo el mundo sabe cómo son los artistas. A saber lo que habrá fumado . . ." Había intensificando el tono de sospecha. El chico puso de nuevo cara de comprender, y don Upildo, encantado con el cariz que iban tomando las cosas, le dio las gracias por el zapato y lo despidió.

Cuando cerró la puerta, se dejó caer de espaldas contra la misma, experimentando un alivio indescriptible. Se dispuso a pasar la tarde tomando vino, un trozo de tortilla española que se había encontrado en la nevera y leyendo la prensa con fruición, concentrándose en un reportaje especial sobre la actriz Ana Orejón, quien tanto le recordaba siempre a su Marta idolatrada.

Se había quedado medio adormilado cuando se empezó a escuchar un ruidito familiar que lo espabiló, resultando ser los primeros tanteos de la práctica de *zapateao* flamenco que seguía su vecinita de arriba, una niña de trece años de lo más precoz y resabidilla. Se llamaba Carmen. Carmen Pacheco. Siempre empezaba suavemente pero al cabo de un rato los taconazos se hacían bastante desagradables, y aquella tarde don Upildo se sentía irritable a la vez que bastante aburrido.

"Hay que ver qué incordio", pensó mientras se preparaba un café.

Con la taza en la mano se puso a dar vueltas por todas las habitaciones para averiguar en cuál de ellas estaba practicando la nena, pues el taconeo resonaba prácticamente por toda la casa, como si estuviesen en obras. Estaba en el cuarto de estar. Allí se oían claramente no solamente los golpes de tacón, sino también algo de música. Qué pesadez. Pasaron varios minutos y aunque don Upildo intentaba concentrarse en la Orejón, no podía. Además, lo cierto era que estaba bastante aburrido y la idea de fastidiar a su vecina se le antojó como una alegre manera de pasar la velada.

Cuando terminó el café se fue al armario de las escobas y sacó un escobón, de palo más grande y grueso, y una escoba, más fina y pequeña.

"Te voy a dar yo tacones", se dijo don Upildo mirando hacia el techo.

Armado de aquellos dos instrumentos, se posicionó en el centro de la habitación apara poder escuchar bien el ritmo del taconeo, que era una cosa así como: ta-tacatatrá-tacatrá-tras-tras, y otra vez ta-tacatatrá-tacatrá-tras-tras tracatatrá-tras-tras. Justo en medio del tracatrá, don Upildo propinó varios golpes en el techo con el mango del escobón que sonaron algo así como: pum-pum-pum-pum-pum-pum.

Hubo un momento de silencio, pero en breve se empezó a escuchar el taconeo de nuevo, motivando que don Upildo volviese a dar varios oportunos toques al techo, ahora con el escobón pum-pum y la escoba pim-pim-pim alternativamente.

Otra vez silencio, y otra vez taconeo.

Algo no iba bien, se dijo don Upildo. A lo mejor estaba contribuyendo al ritmo en lugar de estropearlo, pero no tenía manera de saber lo que estaba haciendo a menos que escuchase la música él también. Pero, ¿cómo? Dejó las escobas un rato para pensar.

Por fin se fue para la despensa y volvió con un embudo y la escalera plegable que usaba Toñi para limpiar las lámparas. Armó la escalera y se subió al último peldaño con las escobas y el embudo y se sentó en el peldaño superior. Pegando el embudo al techo como si fuese una trompetilla, se puso a escuchar a través del tabique. El cassette reproducía unas maravillosas Tarantas del maestro Manolo Sanlúcar que Carmen machacaba a base de endiñar taconazos en todos los compases indebidos. ¿Cómo se atrevía aquella mocosa con semejante obra artística?

Aquellos pensamientos le animaron a golpear el techo con más ímpetu, pero como tenía que sostener el embudo para escuchar la música no podía darle al escobón y a la escoba a la vez, ya que necesitaba soltar uno para agarrar a la otra. Muy mal. A pesar de ello, al fin se hizo un silencio pronunciado que don Upildo interpretó como el fin del ensayo. El cuello le empezaba a doler de tanto mantenerlo inclinado. Además, hacía calor allí arriba y entre eso y el ejercicio de brazos, don Upildo sudaba, pero sudaba feliz pues creía haber acabado con una molestia para sí mismo y un crimen contra el glorioso arte flamenco. Incluso era posible que hubiese descarrilado una carrera artística que no habría causado más que padecimiento a miles de espectadores.

No acababa de bajarse de la escalera cuando oyó otro repiqueteo de tacones. Tacones lejanos. Ahora la niña se había ido a otro lado de la casa a darle caña al mono como vulgarmente se dice, pero no por ello iba don Upildo a conformarse. Empuñó las dos escobas y emprendió una búsqueda por toda la casa, determinando que Carmen debía encontrarse ahora sobre el cuarto de invitados. Rápidamente pegó cuatro golpes en el techo con el escobón, pum-pum, pum-pum y tres con la escoba, pim-pim-pim. Un corto silencio siguió a una serie de taconazos irregulares que parecían no seguir ya ningún ritmo, y don Upildo, hala, más escobazos al techo: Pumpumpumpumpum pim-pim . . .

Parecía que Carmen estaba decidida a seguir con los ataques, pero como ya se había hecho tarde, don Upildo decidió tomarse un descanso para cenar y dejarla que se desfogase ella sola sin responderle. Se fue

a la cocina y abrió la nevera, sacando más tortilla y unas judías verdes salteadas que había dejado Toñi para él, todo lo cual se comió frío y sentado en la cocina, pues no estaba de ánimo para calentarlos ni llevarlos al cuarto de estar como otras veces hacía. Don Upildo entendía que se había establecido un estado de guerra entre él y los vecinos de arriba y funcionaba a mínimo mantenimiento.

Cuando terminó la cena, aún se seguían escuchando los tantarantanes que la buena de Carmen seguía propinando contra el suelo, de manera que se fue hacia el cuarto de invitados decidido a darle su merecido. Sin embargo, cosa rara, los taconeos dejaron de escucharse al poco de entrar él en la habitación y se puso a esperar un rato a que empezasen de nuevo, pero no sucedió así.

"Ah, seguro que la familia estará cenando", pensó. Genial: les fastidiaría la cena.

Solo había tres habitaciones donde podían estar: la cocina, el cuarto de estar y el salón-comedor. Como no eran más que Carmen y sus padres, podía descartar el salón por ser demasiado grande y, como la cocina según el diseño de la de don Upildo no tenía sitio más que para dos personas, dedujo que debían estar cenando en el cuarto de estar. Allá que se fue armado con las escobas y empezó a darle buenos golpes al techo durante un buen rato. No le contestaba nadie, cosa que le extrañó, pero volvió a darle otra remesa por si acaso, la cual por fin recibió respuesta en forma de una verdadera lluvia de taconazos.

Otra vez dejó que siguiesen su curso de porrazos y cuando terminaron, arremetió contra el techo con nuevo ímpetu, recibiendo la correspondiente respuesta. La batalla estaba servida.

Pasó un rato después de la cena en el que Carmen y compañía aflojaron los ataques, pero pronto se empezaron a escuchar más golpes por varias zonas de la casa pues al parecer la familia había decidido dividir fuerzas y cada uno por su lado taconeaba desde distintas habitaciones.

Don Upildo se había remangado la camisa y se movía ahora rápidamente con las escobas de un punto a otro de la casa contestando a los golpes que recibía con soberanos escobazos. Aquello le recordaba a una de sus películas preferidas, *Das Boot,* en la que un submarino alemán de la segunda guerra mundial atacaba a varios barcos enemigos, sobreviviendo a sus bombardeos a base de espeluznantes descensos a las profundidades del océano.

Ahora corría que se las pelaba entre habitaciones, respondiendo a los ataques y provocando otros nuevos hasta que llegó la hora de acostarse para todo el mundo. Primero notó un silencio extraño que venía del cuarto de los invitados, que debía ser donde dormía la niña Carmen. Luego el silencio se impuso por toda la casa y don Upildo aceptó la oferta de tregua con alivio, pues lo cierto es que estaba agotado y no hubiese podido aguantar mucho más tiempo de todas maneras. Apagó las luces y se fue para su habitación donde se puso el pijama y la redecilla del pelo y encendió el último cigarrillo para disponerse a leer un rato una de sus novelas favoritas, 'Las Minas del rey Salomón'. Ya estaba a punto de dormirse cuando se le ocurrió que habían sido los vecinos quienes habían tenido la última palabra en aquel duelo y seguramente que los padres de Carmen dormirían encima de él. No pudo resistir: tenía que ser él quien diese el último garrotazo, y además fastidiándoles el sueño; así que empuñó el escobón y la escoba que habían terminado en un rincón de su cuarto y le endiñó varias veces al techo no sin estudiada violencia: pum-pum-pumpumpumpum-puuuuuum-pim-pim-pim. De momento no hubo respuesta, lo que don Upildo interpretó como claudicación, por lo que devolvió las escobas a su rincón y se volvió a tumbar en la cama, ya más satisfecho. No habían pasado ni unos minutos cuando se oyó un estruendo terrible: no debían ser más que la madre y el padre de Carmen, pero a juzgar por el ruido él debía de haberse puesto las botas de montañismo y ella las de esquí, y pataleaban que se las pelaban. Parecía que una manada de mamuts galopaba por toda la casa, amenazando con tirar las paredes. La lámpara del cuarto de don Upildo se balanceaba como si hubiese un terremoto y los cristales de la ventaba vibraban violentamente amenazando con resquebrajarse en cualquier momento. El ataque fue tan súbito que al principio don Upildo se asustó, obligándole la sorpresa y el miedo a cubrirse la cabeza con las mantas mientras varios 'destructores' descargaban sus bombas de profundidad sobre el indefenso don Upildo. Como en *Das Boot*. Bum-bum-bum-buuuuuuuuummmm-bummmm-buuuuumm . . . Los padres de Carmen debían estar hinchándose a zapatear en el suelo, cuando de pronto el humor de don Upildo sufrió un cambio interesante, pues empezó a imaginarse a Pacheco y a su mujer, en pijama y con las botas puestas, dando saltos y zapatazos sobre el suelo de parquet. Qué par de idiotas. Y ahora pensó que la niña también se debía haber unido al dúo con las chanclas de madera. Estaban enrabietados, golpeando el suelo furiosamente, hasta que don Upildo decidió irse a dormir al cuarto de invitados, donde debía reinar un silencio aceptable. Se sentó en la cama a ponerse el batín y las pantuflas y, con el libro bajo el brazo y el vaso de la dentadura, se fue de puntillas a la otra habitación, no sin antes atizarle varios buenos golpes al techo de su alcoba. Una vez allí, comprobó que 'Las Minas' resultaban mucho más interesantes con el telón de fondo de los tambores lejanos que le proporcionaba la familia Pacheco, quienes seguían con el zapateo, ajenos al cambio de táctica de su irritante vecino.

Acostado plácidamente en la cama de invitados, don Upildo se deleitó saboreando su victoria. Además, se acordó del día tan emocionante que le esperaba a la mañana siguiente; y tanta fue la felicidad que le invadió que cayó en un placentero sueño, abrazado a su querida novela. Soñó con bellas mulatas que tocaban las congas en la selva en su honor; y cuando se le acercó la más bella para ofrecerle un delicioso mojito, resultó ser la incomparable Marta.

MIÉRCOLES

TRAS una agitada noche, sonó por fin el despertador, y don Upildo se puso en marcha diligentemente. Lo primero, café y pitillo con inspección visual de las ventanas de Marta; ah, esta vez había luz tras las persianas pero tampoco pudo verla ni tenía tiempo para esperarla. Pero no le importó, pues pensó que pronto se conocerían en persona y aquellas esperas angustiosas pasarían a la historia.

Iba a ducharse pero se acordó a tiempo de que no era sábado, así que pasó directamente a ponerse el chándal patriótico y las Adidacs con ceremoniosidad de matador, afeitándose luego con detalle, pues aquel era un día grande y quería estar presentable.

Ya en la calle, echó a andar para no gastarse el presupuesto en taxi, pero cuando llegó a la Plaza de España se dio cuenta de que iba con casi treinta minutos de antelación. No quería parecer impaciente ni que le cobrasen media hora más de gimnasia, y decidió hacer tiempo en un bar. Una vez allí, encendió un pitillo y pidió un café solo con sacarina, contemplando distraídamente a la clientela mientras se lo servían. A su izquierda había un vejete escuálido que se estaba tomando un carajillo mientras leía el periódico. A su derecha, una mujer de mediana edad, alta y fornida, se afanaba con unas porras con café con leche. Qué fruición; cómo mojaba, sorbía y disfrutaba; cómo se le derramaban las gotas de café por el escote sin que ni siquiera lo notase.

Recordó que le recomendaron el otro día en el Centro que desayunase poco, pero la tentación fue demasiado fuerte y llamó al camarero:

"Oiga", dijo, "el café que sea con leche y en vaso largo; y ya que estamos, haga el favor de poner una porra", añadió como si se le acabase de ocurrir. Qué calentita estaba y qué jugosa. Se la comió en un santiamén y como casi no la había disfrutado, pidió otra.

"De dos a tres no hay casi diferencia", se dijo; y se tomó otra más, dándose así por satisfecho.

Al llegar al Centro, le abrió la puerta la misma bella enfermera del otro día, rogándole que se sentara un momento en el recibidor. Al rato vino la directora a buscarlo. La directora tenía alrededor de treinta años e iba vestida con una camisa blanca, un conjunto de falda y chaqueta muy formales y zapatos altos de punta fina. Llevaba una media melena con mechas claras y un maquillaje discreto y bien estudiado. Ni que decir tiene que tenía una figura de lo más estilizada.

Invitó a don Upildo a pasar a una sala de reuniones en cuya mesa estaban dispuestas dos carpetas que reflejaban el Plan Personalizado de Mejora Física que el Centro había preparado especialmente para él. Una carpeta era suya y la otra era para que ella pudiera guiarse mientras le explicaba los detalles del Plan. También había una bolsa de plástico sobre la mesa con el logotipo del Centro.

La directora le resumió los objetivos a cumplir, que en su caso consistían en alcanzar su peso ideal, mejorar su apariencia física y su salud en general. Primero le presentó el plan dietético que le proponían, diciendo que se podía comer prácticamente de todo, si bien los días de actividad física intensa los desayunos eran más livianos. Una de las hojas mostraba un cuadro en el que se detallaba el menú diario durante un mes. Al revisarlo, don Upildo se dio cuenta de que casi todos los platos tenían nombres exóticos: *Mélange* de Hortalizas (donde *mélange* quería decir mezcla en francés, pues don Upildo sabía un poco del idioma gabacho), Huevos *Mollet*, *Tournedos Rossini*, Merluza en *Papillote*. Menos mal que las recetas venían en una hoja aparte, pues don Upildo no estaba seguro de que Toñi dominase los secretos culinarios de la Ternera *Wellington*.

Al ver la cara un poco perpleja de don Upildo, la directora se apresuró a aclarar que los ingredientes podían variarse para acomodar lo que se tuviese a mano. Por ejemplo: si no se disponía de merluza, se podía utilizar rape u otro pescado afín. Aquello lo tranquilizó.

Al ver que ciertos platos parecían poco adecuados para un régimen de adelgazamiento, le preguntó a la directora:

"¿Y este postre de aquí, Tocinillo de Cielo, también entra?"

"Claro que sí, Señor Ruebañoz. Como le he dicho, con nuestra dieta, usted puede comer de todo. El secreto está en las cantidades: la ración de tocinillo son tres centímetros cuadrados, mírelo aquí"; y esbozó una sonrisa de lo más acogedor que quería decir: "¿No es maravilloso?"

Luego le presentó otra hoja que contenía los nombres y dosis de los suplementos vitamínicos y cremas que le proponía el Plan. Exhibiendo aquellas manos de manicura francesa, la directora sacó de la bolsa varios frascos y botes y le fue explicando para lo que era cada uno y cómo utilizarlos. Casi todos eran de vitaminas y, curiosamente, de productos derivados de la abeja, excepto dos tarros de crema por los que don Upildo se interesó de inmediato.

"Ah, las lociones faciales . . . Sí: esta de aquí es para la dermis. Se la tiene usted que aplicar tres veces al día para que, al perder peso, la piel se adapte rápidamente a su nueva forma. Y esta otra es para la epidermis, que es la capa de células que cubre la dermis. Si no cuidamos la epidermis, no hemos hecho nada, ¿comprende? Úsela también tres veces al día, pero no a la misma vez que la de la dermis, pues se contrarrestan la una con la otra y podría ocasionarle una reacción tóxica. ¿Me ha entendido?"

"Lógicamente", dijo don Upildo, sin tener idea de lo que le acababa de explicar.

"Y lo último: este frasco le ayudará a sobrellevar cualquier posible episodio de apetito incontrolado. Se trata de un remedio natural que modifica el comportamiento. Es algo revolucionario, créame lo que le digo. Ponga cinco gotas en un vaso de agua y tómeselo a discreción. Ya verá qué bien le va."

"¿Preguntas?", dijo, tras un momento de silencio.

"No, no, nada; todo está muy bien."

"Estupendo, señor Ruebañoz. Voy a buscar a Déimien. Enseguida vuelvo."

Dejó la sala y al cabo volvió acompañada del tal Déimien, quien resultó ser el monitor personal de gimnasia de don Upildo (luego se enteraría de que su nombre de verdad era 'Damián', pero se ve que prefería la versión anglosajona).

Déimien era un joven alto y esbelto con el pelo cortado a estilo militar, mojado, de punta y teñido de rubio; completaba su *look* con un par gafas de sol sobre la cabeza. Lucía el clásico moreno aceitunado de piscina y una camiseta sin mangas recortada a la altura de las costillas que mostraba un estómago bronceado, duro y escultural. Acababan el atuendo un par de pantalones deportivos cortos de látex, unas zapatillas de baloncesto tipo *Globetrotter* y un tatuaje en el brazo derecho con el enigmático mensaje de '*PUMP IT*'. Al verle aquel estómago tan renegrido y tieso, don Upildo sintió cómo se le encogía el espíritu hasta quedar reducido al tamaño de una lenteja.

La directora los presentó y se fue. Déimien le dedicó una mirada inquisitiva y una sonrisa de dientes tan deslumbrantes como los de un anuncio de Profident, invitándole a seguirlo al Salón de Actividad Física, mostrándole previamente el armario de vestuario que le habían asignado, donde guardó la bolsa de los potingues y la carpeta.

"Veo que ya viene preparado de vestimenta, señor . . . Ruebañoz", dijo, consultando brevemente un dossier que llevaba él también bajo el brazo, mientras observaba de reojo el perfil de su nuevo cliente. Y creyó don Upildo detectar un toque de desdén en su mirada que no le gustó.

El Salón resultó ser una habitación pequeña y sin ventanas donde habían conseguido embutir una caminadora mecánica, un par de espalderas, una cuerda de nudos, un potro con anillas y una especie de alfombra de goma gruesa forrada de sky cuyo uso no sabría don Upildo describir.

El gimnasio estaba vacío. Eran solos Déimien y don Upildo, cara a cara. Déimien consultó sus notas de nuevo, dejando que el silencio crease la atmósfera de suspense que al parecer estaba buscando. Pero al cerrar el cuaderno deliberadamente, su actitud le dijo a don Upildo que algo había cambiado en su interior: Déimien ya no sonreía, y había un nuevo tono acerado en sus ojos que destilaba disciplina militar.

"Muy bien, Upildo. Vas a empezar calentando. Diez minutos en la caminadora. Hay mucho trabajo por delante y poco tiempo. ¡Venga, hala, arriba!"

Don Upildo anotó mentalmente el cambio de tratamiento: ¿quién le había dado permiso a aquel petimetre para tutearlo? Iba a decir algo pero, amigo como era de la cultura castrense como buen hombre conservador, entendía y obedecía al rango superior sin cuestionarlo, por lo que terminó subiéndose a la caminadora sin rechistar. Déimien pulsó varios botones en el panel de la máquina, cuya cinta transportadora empezó a moverse lentamente bajo sus pies para hacerle caminar a una cadencia de paseo. No había transcurrido ni un minuto cuando volvió a pulsar más botones transformando el paseíto en paso apretado; aquello no pareció satisfacerle tampoco y al rato volvió de nuevo a teclear hasta que obligó a don Upildo a emprender un ligero trotecillo.

"Sigue así, Upildo; vas bien. Enseguida vuelvo".

Y salió de la habitación dejando a don Upildo trotando sobre la cinta, de cara a la pared.

Al poco tiempo sudaba ya profusamente; el chándal le apretaba muchísimo, y empezaba a costarle cada vez más mantener la marcha. Además, las porras y el café con leche se le estaban empezando a revolver en el estómago. Algo nervioso, se puso a inspeccionar el panel de la caminadora, que parecía tener tantos botones y luces como los de un reactor; pulsó cautelosamente el primero que le vino a mano para ver si la paraba o reducía la marcha. Pero en lugar de eso, la cinta empezó a aumentar gradualmente de velocidad y la rampa que la arrastraba, a inclinarse paulatinamente hacia arriba. El contador del panel avanzaba a velocidad de vértigo y don Upildo ya no trotaba: corría como un descosido, apretando cuantos botones podía, girando ruedecillas, tirando de palancas y sudando a chorros sobre el panel. Pero la máquina parecía empeñada en superar la barrera del sonido. Mirando hacia abajo vio que la cinta era demasiado ancha como para bajarse al suelo de un salto pero, ¿y poniendo los pies en los bordes que soportaban la rampa? Dio pues un brinco mortal abriendo las piernas todo lo que podía pero en lugar de aterrizar donde quería volvió a caer sobre la cinta, obligándolo a seguir corriendo todavía más deprisa. Quiso agarrarse al panel, pero para ello tenía que remontar la rampa superando la velocidad de la cinta, pues los brazos no le alcanzaban. Frenético, acometió un *sprint* salvaje trepando por la rampa contra corriente hasta conseguir agarrarse a la columna que sostenía al panel, dejando las piernas colgando sobre la cinta, la cual continuaba arrastrándolas hacia abajo, amenazando con llevárselo a él también detrás. El pánico y la adrenalina le impulsaron a encaramarse de un salto sobre el panel, terminando de vientre sobre del mismo, en equilibrio, y con las piernas en volandas. La cinta proseguía su marcha asesina, felizmente ya sola, y hasta había en el ambiente un cierto aroma como a cuerno quemado.

Así llevaba ya un rato don Upildo cuando por fin apareció Déimien, quién rápidamente desenchufó la máquina, ayudándolo a bajarse del panel.

"Pero hombre, ¿qué ha pasado . . . ?"

"Ay, Dios mío . . . ay, Dios mío . . .", era lo único que acertaba a decir don Upildo, sentándose lentamente en el suelo con la cara más verde que una acelga.

Déimien le pidió que esperase un momento mientras le traía un vaso de agua.

"Creo que voy a vomit-", empezó a decir don Upildo, pero tuvo que salir corriendo hacia el baño por culpa de las porras y el café. Déimien le siguió y esperó fuera, nervioso y preocupado, oyendo cómo devolvía a través de la puerta.

Cuando por fin se serenó don Upildo y estaba claro que lo peor había pasado, Déimien le preguntó que qué había comido; según sus notas tenía que haber desayunado un yogur descremado, una manzana y un café solo con sacarina.

"Pero si me acaban de entregar la dieta . . .", se defendió.

"Pero, ¿no le dijeron el otro día que desayunase ligero esta mañana? A ver, ¿qué ha desayunado?", repitió.

Ah, volvíamos al tratamiento de usted.

"Pues ligero, muy ligero . . .", dijo don Upildo vagamente deseando que la conversación cambiase pronto de rumbo.

Déimien puso cara de incrédulo y le preguntó si quería seguir. A punto estuvo de decir que no, pero se acordó del dinero que había pagado y de Marta y dijo que sí, que bueno. Volvió pues Déimien a anotar no sé qué en el cuaderno, recuperando inmediatamente su tono marcial:

"Upildo: a las espalderas. Vamos a darles un poco de tono a esos abdominales . . ."

Don Upildo no sabía a ciencia cierta qué era lo que provocaba en Déimien aquella transformación de Dr. Jekill a Mr. Hide, pero empezó a preguntarse si no tendría que ver con algo que leía en sus notas, pues su tono cambiaba siempre al terminar de leer y cerrar la carpeta.

"Te voy a demostrar lo que quiero que hagas", dijo con firmeza. Y procedió a colgarse de espalda a la pared, agarrándose con las manos del ultimo peldaño de la espaldera, quedando colgado de los brazos. Alargando los dedos de los pies como una bailarina, levantó ambas piernas del suelo a la vez para formar un ángulo recto perfecto con la pared. Tenía los ojos cerrados, respiraba profundamente, y se le veían los músculos de brazos, piernas y abdomen completamente tensos. Bajando las piernas despacio sin tocar la espaldera, repitió el ejercicio diez veces, abandonando la espaldera finalmente con gran ceremonia, como esperando una ovación; ovación que no vino, pues la mente de don Upildo estaba concentrada en el horror inminente de tener que repetir aquella rutina, y ni siquiera se le había ocurrido ponerse a aplaudir. Pero como el silencio era tan evidente una solicitud de respuesta, resolvió no hacer nada, pues su intuición le dijo que adular a su opresor no conseguiría más que reforzar su posición de autoridad frente a él, lo cual no le interesaba. Una cosa era seguir órdenes, y otra muy distinta, hacerle a alguien la pelota.

Déimien se mantuvo con los ojos cerrados algunos segundos más, concentrado aún en su ímproba tarea, pero al ver que don Upildo no comentaba –menos aún aplaudía-, los abrió despacio con una dignidad que rápidamente se tornó en aire iracundo, instándole a que se colgase de las espalderas.

"¡Arriba las piernas, esos aductores, vamos!", ordenó.

Don Upildo consiguió a duras penas alcanzar con las manos un peldaño donde colgarse, y levantó como pudo los pies como cosa de tres palmos. Repitió seis veces, resoplando y gruñendo, pero la tripa le dolía tanto que optó por soltarse. Estaba coloradísimo.

Déimien lo miraba con expresión como de un poco de asco, dispuesto a obligarlo a seguir, pero temiendo una embolia o algo peor, resolvió acompañarlo a la puerta recordándole la próxima cita mientras le dirigía una sonrisa tan falsa como la de Cule momentos antes de engullir a un ratón.

Don Upildo salió del portal con la bolsa en la mano y el espíritu todavía traumatizado, pero resolvió hacer un esfuerzo para reponerse lo antes posible y, como hacía un día tan bueno y las Adidacs le resultaban tan cómodas, decidió despejarse la mente volviendo a casa dando un paseo. En lugar de bajar por la calle Leganitos otra vez, tomó uno de los callejones que llevan a la calle Bailén. Tenía intención de dirigirse directamente a casa, pero al llegar a la Plaza de Ópera vio en la lontananza una imagen que le resultó de lo más sugerente: el famoso 'Antiguo Rey de los Vinos', un vetusto bar conocido en todo Madrid por fabricar su propio vermú. La verdad: le dio sed. ¿Por qué no entrar a descansar y a estudiar con detenimiento el régimen dietético que llevaba en la bolsa? Entró y pidió un vermú de la casa, lo que le sirvieron acompañado de una tapa de aceitunas. No tocó ni el vermú ni las aceitunas, pues antes quería asegurarse de que todo lo que comía encajaba en la dieta.

El menú que tenía asignado como almuerzo aquel día era: de primer plato, Timbal de Verduras (cantidad permitida: sin límite); de segundo, Pollo *Fricassé* (cantidad permitida: dos tajadas pequeñas); postre: Crema Catalana, de la cual solamente le estaban permitidas dos cucharadas soperas.

Entre el ejercicio y la tensión nerviosa de la mañana el hambre estaba empezando a azuzar y además tenía allí delante, encima del mostrador, un montón de raciones y tapas de lo más tentador. Decidió comer allí mismo, adaptando el menú del régimen a lo que veía, tal y como había sugerido la directora. Con el fin de elegir correctamente, sacó la carpeta de la bolsa para consultar los ingredientes de cada plato, pero la hoja de las recetas ya no estaba; debió habérsela olvidado en el armario del vestuario.

No tenía ni idea de lo que era un timbal culinario pero le pareció que una ración de pimientos de Padrón sería lo apropiado, pues aquello de timbal le sonaba a muchas cosas revueltas, y unos pimientos fritos tan desorganizados que unos pican y otros no, amontonados en completo desorden en un plato, le parecieron de lo más 'timbalero'. Cuando se los terminó decidió que dentro de la calificación de verdura seguramente que entraría la ensaladilla rusa, pues no contenía más que patatas, zanahoria y pimientos rojos, todos los cuales pertenecían al reino vegetal y, aparte, más revueltos no podían estar. Como no conocía los ingredientes de la salsa mayonesa, determinó ignorarla, pensando que lo más normal era que también fuesen productos de la huerta. Se comió su buen plato. El pan que le trajeron para acompañarla también lo asignó al mismo departamento por estar confeccionado con trigo, elemento claramente formante de la flora terrestre.

La naturaleza del Pollo *Fricassé* era otro enigma, pero le preguntó de todas maneras al camarero si tenía algo de pollo; de pollo solo había croquetas, le contestó. Vaya por Dios. Después de darle vueltas a aquello decidió pedir dos, pues encajaba en lo de 'pollo' y 'dos'. Como además eran bastante hermosas, quedó contento.

Crema Catalana no tenían, pero el camarero le propuso en su lugar una bola de helado de vainilla y como don Upildo estaba empeñado en seguir el régimen a rajatabla y parecía justa sustitución, accedió, pidiendo que se lo trajeran junto con una cuchara sopera. Hundió la cuchara en el helado tan profundamente que extrajo casi la mitad de la bola en la primera cucharada. Con la segunda terminó la bola entera, y como se la habían traído en un pequeño bol, a punto estuvo de rebañar el líquido que quedaba en el fondo, pero se contuvo, pues el régimen decía que solamente dos cucharadas y dos cucharadas era lo que tomaría. Menudo era don Upildo cuando se trataba de seguir una dieta.

En lo que se refería al vaso de vermú y al vino, pues también había pedido vino, estuvo a punto de asociarlos al grupo del 'Timbal de Verduras' por ser ambos producto de la uva, noble vegetal. Pero al final decidió asignarlos al del 'Café e Infusiones' por ser todos líquidos y más o menos del mismo color; además, éstos no tenían límite y aparecían en todas las comidas, lo que le permitiría en un futuro tomar todo el vino que quisiese sin temor a violar el régimen. Las aceitunas las dejó sin tocar porque estaban rellenas de anchoa, y estaba claro que no había trazas de pescado en el menú de aquel día. Aparte, y sin que afectase para nada la decisión, aborrecía las anchoas.

Don Upildo estaba encantado con aquella dieta maravillosa y orgulloso de haber tenido la fuerza de voluntad necesaria para seguirla, de forma que pagó y se fue cruzando la calle Bailén frente al Palacio Real para volver a casa por los jardines de Sabatini.

Al atravesarlos, se fijó en los muchos bancos que había donde relajarse bajo los árboles, aunque las parejas que se encontraban allí hacían de todo menos descansar. Don Upildo, hombre discreto, los miraba de reojo mientras maldecía aquellos tiempos de oprobio y desenfreno. Sin embargo, en el fondo le invadía un ligero toque de envidia. Aquellos sentimientos contradictorios lucharon durante un rato en su interior hasta que superó la envidia imaginándose el no muy lejano día en el que habría de sentarse con su Marta en uno de aquellos bancos para 'descansar' allí con ella como un bendito.

Eran cosa de las tres de la tarde cuando don Upildo llegó por fin a su casa, dispuesto a echarse una siesta descomunal. Qué mañanita. Ahora se daba cuenta de que le dolía de todo. Iba a empezar a quitarse el chándal y las zapatillas cuando llamaron a la puerta.

"Vaya, ¿quién será?", se dijo mientras avanzaba por el pasillo hacia la entrada.

Era su vecino gay López y su perro Sultán, un caniche de tamaño grande, lanudo, de esos que parecen un cruce de perro y oveja, con la cara tan llena de lana que apenas se le veían los ojos.

López iba de chaqueta y corbata y se le veía nervioso. Le explicó que tenía una entrevista de trabajo, que había salido a pasear al perro antes de ir, pero que se había dejado la llave de la casa dentro. Quería pedirle a don Upildo el favor de quedarse con Sultán mientras iba a la entrevista y volvía con un cerrajero. Se lo agradecería infinito, dijo, aflorando momentáneamente aquel tono amanerado que tanto sacaba de quicio a don Upildo. Ya estaba preparando una disculpa para negarse, pues, siguiendo el paradigma conservador de aborrecer a los homosexuales, no quería ningún tipo de asociación con lo que él consideraba un sarasa como él, cuando López le empezó a explicar que llevaba buscando trabajo varios meses y que era muy importante que fuese a la entrevista. No podía llevarse al perro en el coche y dejarlo fuera porque las llaves del coche las tenía en la casa.

"Mire usted, yo le haría el favor pero . . ."

"Por favor se lo pido, no me haga esto . . .", cortó López empezando a anegársele los ojos de lágrimas.

Si algo no podía resistir don Upildo era ver llorar a un hombre, y además se acordó en aquel momento de que una vez creyó ver a López hablar con Marta en la calle, así que al final terminó aceptando quedarse con Sultán.

"Pero no tarde, eh?"

"Ay, muchísimas gracias don Upildo, qué hombre más bueno, qué santo, se lo agradeceré *toa* la *vía*", dijo, evidenciando de repente el ramalazo y su acento andaluz como se pasaba cuando algo le emocionaba. Le estrechó la mano efusivamente y se fue, no sin antes musitarle a Sultán en el oído que se portase bien.

Pero Sultán tenía ideas propias y en cuanto desapareció López se puso a ladrar, arañando la puerta como una fiera. Tenía un ladrido chillón y desagradable, y don Upildo corrió a la despensa a buscarle alguna chuchería para ver si se callaba. Sultán se quedó en la puerta ladrando cada vez más fuerte y solamente paró para engullir la galleta que le había quitado a don Upildo de la mano de una dentellada. Inmediatamente, se puso otra vez a ladrar, mientras él intentaba calmarlo. Otra vez se fue a la despensa trayendo esta vez una tajada de jamón hermosísima con la que pensaba sobornarle. Pero nada más verla, Sultán dio un salto portentoso y se la quitó de nuevo de la mano de un zarpazo.

Don Upildo le ordenó entonces al perro que se callase; lo acarició; le gritó; le suplicó; le insultó; le lloró; lo dejó solo un rato; volvió. Nada: no había manera de calmar a aquel cuadrúpedo, por lo que decidió sacarlo a dar un paseo. En cuanto Sultán vio la correa se puso a ladrar más todavía.

"A ver si al fin te callas", le dijo don Upildo mientras abría la puerta y llamaba al ascensor.

Pero Sultán seguía ladrando y además ahora tiraba de la correa con todas sus fuerzas. Ladró sin parar durante todo el trayecto y también por el pasillo que daba al portal hasta que llegaron a la calle. Allí se calló un momento mientras husmeaba a su alrededor, al parecer buscando el rastro de su amo. Al no encontrarlo, dio un tirón de la correa tan tremendo que casi le desencaja el hombro a don Upildo, arrastrándole hacia el árbol más cercano, donde se puso a olisquearlo dando varias vueltas a su alrededor, seguido de don Upildo quien, por más que tiraba de la correa y le pedía que parase no podía sujetarlo. No le faltaba a Sultán otra cosa que sentir la debilidad de don Upildo, pues en cuanto perdió interés por el árbol, empezó a tirar de él cuesta arriba como si arrastrase un trineo, cruzándosele a una vieja, aterrorizando de un bufido a una niñita y parándose a olfatear árboles, farolas y esquinas pero sin hacer nada en ninguno. De vez en cuando se agachaba o alzaba la pata como para hacer sus necesidades, pero en cuanto notaba que don Upildo se relajaba creyendo que le estaba dando tregua, se ponía en marcha de un brinco.

Al cabo de un rato parece que por fin se cansó Sultán—no digamos don Upildo-, terminando por sentarse en la acera junto a una cabina. Don Upildo, encantado de poder descansar aunque fuese unos instantes, se quedó de pie a su lado jadeando y limpiándose la cara con un pañuelo. No sujetaba la correa: la agarraba hasta dejarse los nudillos blancos, pues temía que aquella fiera saliera huyendo en cualquier momento, soltándose de la correa y perdiéndose para siempre. No quería ni pensar en cómo se pondría López.

En esto vino un hombre de negocios a usar la cabina –era una cabina abierta, no de esas cerradas con puertas de cristal-. Introdujo unas cuantas monedas en la ranura y se puso a marcar un número de teléfono; llevaba ya varios minutos hablando cuando Sultán, se ve que ya recuperado, se puso a olisquearle un pie. Algo debió atraerle (cosa no de extrañar, pues el tener un dueño homosexual debía de haber afectado al animalito), ya que empezó a restregarse contra la pierna primero con sutileza, y luego subiendo el ritmo gradualmente hasta llegar a lo que parecía auténtica fricción sexual. El hombre debía estar muy enfrascado en su llamada, ya que al principio había seguido hablando como si nada, meneando distraídamente de vez en cuando la pierna. Pero cuando el traqueteo y las sacudidas de Sultán empezaron a subir tanto de tono que la gente empezó a hacer corro frente a la cabina, tapó el auricular y, soltando una grosería, le espetó una sonora patada. Nada hubiera podido estimular más la libido de Sultán, pues se abalanzó de nuevo contra la pierna con más ímpetu si cabe, con el cuerpo ahora ya hecho un puro frenesí. El hombre se lo zafó esta vez violentamente, dirigiendo a don Upildo una mirada furiosa mientras intentaba a duras penas seguir su conversación.

A don Upildo lo que estaba haciendo Sultán le hubiese parecido normalmente una gorrinería, pero estaba que no podía con su alma, y además cualquier cosa le parecía mejor que tener que aguantarlo en casa o dejarse arrastrar por él por las calles, por lo que decidió hacer la vista gorda.

Para entonces, el chucho se había abrazado a la pierna del hombre con las cuatro patas y hasta había empezado a trepar muslo arriba, escondiéndosele bajo la vestimenta. Parecía que intentaba mordisquearle el trasero –o tal vez besárselo, quién sabe-, pues estaba claro que Sultán no tenía ninguna intención de inhibirse en lo mejor de su aventura romántica. El hombre por fin colgó el auricular e intentó quitarse al perro de encima agarrándolo del pellejo, pero como lo tenía colgando por detrás y además se le había metido debajo de la gabardina, no había manera de alcanzarlo; tuvo que dejarlo hacer.

La gabardina sirvió de pudoroso telón tras el que ocultar los instantes de placer que indudablemente estaba viviendo el bueno de Sultán, quien a los pocos momentos emergió lentamente de entre sus pliegues, deslizándose con suavidad pierna abajo. Ninguna lana facial podía ocultar aquella expresión de feliz relajación.

La gente se puso a aplaudir y un chaval delgaducho que llevaba mirando desde el principio comentó:

"En una película francesa estos dos se fumarían ahora un pitillo . . ." Y todo el mundo estalló en una carcajada.

El hombre estaba rojo de furia y de vergüenza, y en cuanto pudo se abalanzó hacia don Upildo con el puño en alto; pero Sultán pareció despertar súbitamente de su Nirvana particular y, dando uno de sus brincos atléticos, se llevó arrastrando de allí a don Upildo, esta vez cuesta abajo, felizmente camino de casa.

Don Upildo cerró la puerta del piso tras de sí con precaución, mirando de reojo a Sultán para ver si ladraba; pero no: no había ladrado en el ascensor ni al ir por el pasillo ni tampoco al entrar en la habitación; al contrario: se había tumbado mansamente a los pies de la cama de don Upildo, aparentemente con ánimo de dormir. Debía de estar rendido el animalito.

Al fin iba a poder él también echar una cabezada, se dijo, sentándose en la butaca de su habitación para quitarse las Adidacs; pero estaba tan cansado que un profundo sueño se apoderó de él casi al instante.

Se despertó en la butaca con una vaga sensación de inquietud, recordando de repente la presencia de Sultán. Miró en la alfombra de pie de cama, donde lo había visto por última vez, pero ya no estaba allí. La puerta de su cuarto estaba entornada y además notó un olor un tanto extraño y un silencio en toda la casa nada tranquilizador. Inmediatamente se puso a buscarlo, pero no estaba en el cuarto de estar ni en el comedor, ni en el cuarto de invitados, si bien podía seguir cómodamente su rastro guiándose por los chorretones de pis que se podían ver por las paredes. Iba a entrar en la cocina cuando se dio cuenta de que el suelo estaba frío: iba descalzo. Volvió a la habitación para ponerse las zapatillas y fue entonces cuando se dio cuenta del enorme excremento perruno que se exhibía en el centro de su cama. Además, descansaba sobre una mancha de orín tan abundante que había calado hasta el colchón.

"¡Perro puñetero!", gruñó, y volvió corriendo a buscarlo.

La puerta de la cocina estaba entornada, y al abrirla casi le da un patatús: aquel animal inmundo había tumbado el cubo de la basura, esparciendo su contenido por todo el piso. Había envoltorios, huesos de pollo a medio roer, papel de aluminio mordisqueado, bolsas de plástico chupeteadas y a medio masticar; había restregado por todo el suelo un trozo de pescado con espinas y todo. "Ojalá se le haya atragantado alguna", le deseó don Upildo, mirando por todas partes. Se lo encontró en el fondo de la despensa, con el morro imbuido en una bolsa de magdalenas y la cara llena de migas. El muy bandido la había alcanzado de un estante, desgarrando el plástico. También encontró envoltorios y trozos de chocolatinas que se había tragado con papel y todo, escupiendo lo que no le apetecía. Hasta postre había disfrutado aquel desgraciado.

Entonces sonó el timbre de la puerta.

"Te vas a enterar, so sinvergüenza", prometió, mientras se dirigía hacia la entrada.

Era López, que venía muy contento porque le habían dado el trabajo, y solamente quería recoger a 'su' Sultán.

"¿Qué tal se ha portado?", preguntó con tono jovial.

Don Upildo le dejó pasar sin decir palabra y, con un gesto de la mano, le invitó a seguirlo por toda la casa en silencio. López miraba mucho y no decía nada. Don Upildo habló al llegar a su habitación:

"La orina ha calado todo el colchón", dijo, muy serio.

"Ay, don Upildo, mire cómo lo *ssiento* . . ."

"Le va a venir bien el empleo, López, porque además de comprarme un colchón nuevo me va a pagar las sesiones de quiropráctico y sicólogo."

"¿Y *ésso* . . . ?"

"Su perro casi me saca el hombro de cuajo y además no se imagina el número que ha montado en la calle . . ."

"Pero, ¿quién le dio *permisso* a *usté pa* sacarlo a la calle? Si ya venía *meao* . . . ," dijo López, empezando a enfadarse.

"¿Qué iba a hacer? No paraba de ladrar."

"Ay mire *usté*, yo lo *ssiento* mucho. Yo le pago la *limpiessa* en seco *der* colchón y *lass* sábana*ss* pero *naá* más—también le salía el deje andaluz al ponerse nervioso-. Pero *esso* de *ssacá* a mi perro de *passeo* sin mi *permisso* . . . ¿Y si me lo atropellan? E usté un *inconssciente* . . ." Y luego, pensándolo mejor, añadió, señalando a la cama: "Y cómo *ssé* yo que esto no lo ha hecho *ussté*?¿Eh? Porque mi perro e un perro *mu aseao* . . ."

La discusión empezó a subir tanto de tono que don Upildo terminó por amenazarle con llamar a la Policía.

"¡Po llama, llama, *maltrataó* de *perross,* a *ssabé* lo que le habrá hecho a mi Sultán este tío canalla pa que le haga tanto *estropissio* . . . !," contestó López, enfurecido.

Y dejando airadamente la habitación, salió de la casa llevándose a Sultán a rastras y dando un portazo.

Don Upildo estaba furibundo. Ni conocido de Marta ni nada: se fue de un salto al teléfono y marcó el 091.

"091 Policía al habla", contestó la operadora.

"Haga el favor de mandarme a un oficial, señorita. Es un caso urgente. Mi dirección es . . ."

"¿Qué necesita?¿Policía?¿Ambulancia?¿Bomberos?"

"Mande a un oficial para levantar acta en un caso muy importante . . . Si, un crimen . . ."

"¿Qué tipo de crimen?

"Un crimen . . . pasional", dijo don Upildo recordando el incidente de la cabina.

La operadora pareció dudar pero terminó diciendo:

"Le paso con Homicidios; no se retire."

A los veinte minutos llamaban a la puerta. Era el inspector Chapinal, vestido de paisano.

" . . . y una bestia salvaje ha defecado y orinado encima de esta superficie que ve usted aquí, produciéndome graves daños económicos y emocionales y su dueño se niega a resarcirme. Y además me ha destrozado el brazo . . ."

"¿Algún animal rabioso?"

"Ya lo creo. Y con instintos violadores", añadió don Upildo volviendo a referirse al incidente del hombre de la cabina.

"Pero bueno, ¿dónde está el cuerpo del delito?"

"Pues ya lo ve usted aquí, en esta colcha", dijo, señalando con el dedo.

"¿Me está usted diciendo que esta gallinaza de perro es lo que usted llama un crimen de sangre?"

Don Upildo se calló para ver si amainaba la furia que empezaba claramente a despuntar en el espíritu del inspector. Pero no le valió de mucho:

"¿Se está usted mofando de la Autoridad?," prosiguió. "¿Sabe usted que le puedo encarcelar por levantar falso testimonio? Además, estás incurriendo en malversación de fondos comunitarios, ¿Te enteras . . . ?"

Otro que de repente le tuteaba sin consultar.

Don Upildo decidió cambiar de táctica confesándose con el policía para ver si lo ablandaba:

"Le voy a decir la verdad, señor oficial: si usted no abre expediente no voy a poder obligarle a mi vecino a que me compre otro colchón, ni la compañía de seguros me va a pagar y . . ."

"¿Será . . . ?" dijo el policía, empezando a leerle sus derechos.

Mientras el inspector hablaba, le dio la espalda como para ponerse a mirar por la ventana. Sacando varios billetes de quinientas pesetas de su billetera, los dejó disimuladamente sobre la mesa sin cambiar de postura ni mirarle.

Se hizo un momento de incómodo silencio que Don Upildo solventó poniéndose a silbar mirando por la ventana. ¿Estarían cambiando las tornas?, se preguntó. No pareció, pues a estas alturas el inspector había sacado un cuadernito de notas en el que escribía hacendosamente con un bolígrafo diminuto:

" . . . e intento de soborno a un oficial del Cuerpo de Homicidios con premeditación y alevosía . . ."

Y al terminar, le conminó:

"¡Al cuartelillo ahora mismo, *desgraciao!*"

Y así fue como terminó aquel bendito día.

JUEVES

ESULTA difícil describir cómo se sentía don Upildo cuando se despertó aquella mañana pues, aparte de lo que había pasado con la andadora y el paseo con el perro, había vuelto de la Comisaría a las tres de la madrugada humillado, sin cenar, y teniendo que dormir sin sábanas en la cama de invitados porque la suya aún guardaba el recuerdo de Sultán.

De cualquier manera, se arrastró de la cama al baño como pudo y llenó la bañera de agua caliente para ver si reblandeciendo los huesos le iba mejor. Allí se calmó algo y por fin pudo ponerse a pensar en otra cosa que no fuese su cuerpo magullado: en su amada Marta y lo que estaba sufriendo por ella. Por supuesto que no pensaba utilizar jabón, pues no era sábado.

Cuando se hubo secado y vestido, se puso de nuevo a mirar por la ventana del patio pero Marta seguía sin aparecer por su ventana. Era un día algo gris y melancólico y la vista del patio le dio que pensar en el mucho placer y servicios que aquel patio le proporcionaba: mirando hacia arriba se veía un rectángulo de cielo que permitía predicciones meteorológicas de gran exactitud, pues el color del cielo, tipo de nubes y tono de luz daban datos de sobra como para eso. Para un informe más completo, sacaba la mano por la ventana y así averiguaba la temperatura exacta, si llovía o si caía nieve o granizo.

Mirando hacia abajo se veía el suelo del patio, con sus baldosas viejas y grises donde siempre había alguna que otra pinza, ropa caída de algún tendedero, cabeza de escoba o fregona abandonadas y papeles variopintos que yacían en el suelo, inmóviles o en desasosegado revoloteo, esperando la llegada de algún portero hacendoso. Tal portero evidentemente no existía, pues la funciones de Rogelio se centraban principalmente en recabar, modificar, agrandar y transmitir cuantos asuntos personales ajenos podía; y en quejarse de su salario y fastidiar al personal, como ya hemos podido comprobar.

De repente se le ocurrió otra idea: ¿cómo iba a ponerse en contacto con Marta una vez que hubiese conseguido la apariencia física apropiada?¿No debería empezar a recopilar datos para no tener que apresurarse en el último momento? De alguna manera tenía que averiguar su identidad, su número de teléfono; quería tener algo tangible sobre ella. Sentado en la cocina y todavía contemplando sus ventanas, se le ocurrió por fin una idea: se las arreglaría para entrar en su portal y averiguar por lo menos cómo se llamaba. Luego conseguiría su número en la guía telefónica para poder hacer más averiguaciones sobre su persona. Los buzones de correos de todos los vecinos estaban en una de las paredes del recibidor del edificio; todo lo que tenía que hacer era ingeniárselas para entrar en el portal, tomar nota de los nombres de su planta y luego averiguar el de ella por eliminación.

Pero, ¿cómo? El edificio de Marta, al igual que el de don Upildo, había adoptado un sistema de seguridad que consistía en mantener a un conserje vigilando la entrada en horas de oficina, y porteros eléctricos en cada piso para cuando el conserje no se encontraba de servicio. Tenía pues que idear una excusa para entrar en el portal cuando estuviese el conserje, y otra para alejarlo del vestíbulo para poder mientras tanto buscar en los nombres de los buzones el que le interesaba.

Por fin se le ocurrió algo: lanzaría una prenda de ropa en la zona del patio de Marta y con esta excusa entraría en su edificio para pedirle al conserje que fuese a buscar la prenda y así mientras tanto tendría ocasión de localizar el nombre de su amada en los buzones.

Se puso manos a la obra. Rebuscando entre la ropa sucia encontró un par de calcetines y se fue hacia la cocina dispuesto a tirarlos por la ventana. El patio estaba dividido por una tapia baja que separaba las dos propiedades, por lo que para que cayese la prenda en el patio de ella, don Upildo tenía que lanzarla lo más lejos posible para que pasase por encima de la tapia.

El primer calcetín cayó como una piedra en su parte del patio; el segundo lo empapó de agua para que pesase más, pero solo consiguió que bajase más rápido, no que fuese más lejos. Volvió de la cesta de la ropa con varias servilletas y comprobó que cuanto más ligera la prenda, más cerca caía de su lado, así que terminó tirando una toalla que cayó ya bastante más cerca del patio de ella; aquel resultado le animó. Tiró varias toallas más, mojadas y secas, sin resultado. El suelo del patio estaba empezando a poblarse de ropa y don Upildo comprendió que tenía que idear otra técnica. ¿Y empleando una escoba? Se fue al armario de los cepillos y volvió con una, enrollando al final de la misma un par de calzoncillos. Sacó la escoba por la ventana y la sacudió fuertemente, pero de nuevo cayeron en la parte que no era. Entonces se oyó una voz resonar por todo el patio diciendo:

"Pero, ¿y este tío *chalao* . . . ?"

Evidentemente, había alguien que estaba pendiente de su maniobra, por lo que decidió darse un descanso con más café y cigarrillos a ver si así desanimaba al espía. Mientras fumaba, se le ocurrió algo más sutil: colgaría una prenda de la cuerda de la ropa que cruzaba de un edificio al otro, y correría la cuerda con la prenda sujeta por una pinza hasta que pasase el límite de los patios; cuando estuviese sobre el del de ella, sacudiría la cuerda violentamente hasta que se zafase. Le costó un par de intentos, pues la pinza sujetaba demasiado bien la prenda, pero al cabo de un rato consiguió por fin que un par de calzoncillos cayeran en el sitio correcto.

"¡Al ataque!", se dijo, y se preparó para ir al portal de Marta.

Pensando en el alto riesgo de encontrársela y maldiciendo a los zapateros por no tenerle los zapatos listos, se acicaló con cuidado, poniéndose incluso un poco de la loción para después del afeitado que solo usaba los domingos. Como había previsto, el conserje de Marta estaba de turno, y fue directamente a él para explicarle quién era y pedirle que fuese a rescatarle los calzoncillos que se le habían caído en el patio. El conserje puso cara de extrañeza pero asintió, pidiéndole que le acompañase para identificar la prenda.

"No, si no se puede equivocar . . . Son los únicos que hay en el patio. Mejor le espero aquí, no se preocupe, vaya . . ."

"Perdone, pero tengo que pedirle que me acompañe, porque no me está permitido abandonar la portería mientras haya aquí alguien que no viva en el edificio. Además, tengo que cerrar la puerta de la calle con llave."

Don Upildo quiso insistir pero pronto comprendió que no iba a conseguir nada. Tenía que hacer algo rápido o su plan de quedarse solo en la portería se echaría a perder. No se le ocurrió otra cosa que empezar a jadear aparatosamente y a poner los ojos en blanco mientras las piernas le medio flaqueaban (para esto no tuvo que hacer mucho esfuerzo), apoyándose en el mostrador primero, curvando el espinazo aparatosamente y resbalando hacia el suelo con gran drama. La mano sobre el corazón era el toque maestro, pues sugería un posible paro cardíaco o algo peor. La actuación tenía que estar saliéndole bastante bien pues el portero, muy apurado, le ayudó a sentarse en el suelo, terminando tendido cuan largo era, con los ojos semicerrados y los labios entreabiertos y resecos, mientras musitaba palabras ininteligibles. El pobre portero, alarmadísimo, se agachó a escucharlo:

"Agua . . . agua . . . agua . . .", pedía lastimosamente don Upildo, en lo que parecían ser sus últimos estertores.

Aún así, el portero todavía parecía dudar, de modo que se puso a temblar convulsivamente como si tuviese el dengue u otra cosa malísima.

Ya salía el portero corriendo a por el agua cuando se oyó llegar el ascensor, y Don Upildo tuvo que dar un respingo de los que indicaban 'convulsión extrema' para poder re-orientar la cabeza y ver quién era. Milagro milagroso: era la mismísima Marta. A pesar de que solamente la podía ver con los ojos entornados, le pareció guapísima; mucho más de lo que había imaginado cuando la veía a través de los prismáticos.

En cuanto la chica se dio cuenta de lo que pasaba, le pidió al portero que llamase a una ambulancia y, soltando el bolso, se puso de rodillas a darle rítmicos golpes en el pecho y a hacerle la respiración boca a boca. Don Upildo estaba en la gloria. Pensó que lo mejor sería mantener el tembleque durante un rato para que ella tuviera que seguir administrándole aquel morreo tan agradable, pero tuvo que abandonar la táctica porque los labios se le movían en todas direcciones impidiéndole disfrutar de la experiencia como deseaba. Además, con todo aquel bamboleo se le estaba empezando a desencajar la dentadura. Le pareció que lo mejor era cambiar el ritmo haciéndose el muerto mientras ella proseguía con el boca a boca.

El asunto iba pero que muy bien para don Upildo, quien seguía disfrutando como un cosaco, cuando se le ocurrió si no estaría ella también gozando. Pero, ¿cómo averiguarlo? Se arriesgaría. A la vez siguiente que ella le acercó los labios para insuflarle más aire, él frunció los suyos delicadamente y la besó. Ella dio un respingo inenarrable levantándose del suelo con tal ímpetu que la dentadura de don Upildo salió por los aires.

"¿¡Será . . . !?", gritó Marta, colérica, escupiendo en un pañuelo y frotándose furiosamente los labios.

Don Upildo maldijo la dentadura, echándole la culpa de la mala reacción de la chica, y prometiéndose hacerse otra que se sujetase debidamente. De nada le valdría encontrar una novia tan suculenta si cada vez que la fuese a besar iban a salir los dientes volando.

Como no se le ocurría otra cosa, echó la cabeza hacia atrás poniendo los ojos en blanco de nuevo y suspendiendo la respiración para ver si así ella se asustaba y volvía otra vez al besuqueo. Pero no dio tiempo porque, por desgracia, se oyó una sirena acercarse que terminó en la puerta, dando paso a dos fornidos enfermeros vestidos de blanco. Don Upildo suspendió la actuación teatral durante unos instantes, temiendo que aquel par de monosabios le fuesen a pinchar o, peor todavía, a ponerse a hacerle el boca a boca ellos mismos. Así pues, adoptó un aspecto como de empezar a recuperarse, 'normalizando' la respiración y cerrando los ojos como si de repente hubiese caído en un sueño angelical.

Marta, entretanto, había ido hacia los enfermeros y estaba hablando con ellos junto a la puerta. En el silencio del portal pudo oír cómo ella se identificaba como salvavidas, diciendo que había hecho un cursillo de primeros auxilios y luego se los llevó hacia un apartado, con lo que don Upildo no pudo seguir escuchando la conversación.

Al cabo de un rato uno de los enfermeros desapareció y Marta volvió con el otro, quien le tomó la presión y el pulso, terminando por pedirle que se pusiese de pie diciéndole: "Usted lo que tiene es mucho cuento".

Don Upildo no se resignaba a terminar de una manera tan denigrante, y se puso a hacer como si no pudiese levantarse, pero entre el enfermero y el conserje lo enderezaron. Entretanto Marta, aún indignada, recogía su bolso del suelo y salía por la puerta con paso firme, sin dignarse a dirigirle ni una mísera mirada.

Don Upildo volvió caminando hacia su casa con los famosos calzoncillos en la mano, cabizbajo y pesaroso, cavilando en lo mal que habían empezado las cosas con su amada. Tenía el espíritu bajo, pero se animó un poco al considerar que gracias a los Centros de Belleza Apolo su físico cambiaría de tal manera que ella no le reconocería la próxima vez que lo viese. Era su única oportunidad. Se puso a pensar en el futuro que tendrían juntos y las fantasías que tenía pensadas para aquellos momentos inolvidables y hasta anotó mentalmente nunca confesarle a ella que él había sido el personaje del boca a boca del portal.

Don Upildo recién había sido elegido presidente de la Asociación de Vecinos de su edificio y hoy era precisamente el día en el que se inauguraba su mandato. Con una semana tan ajetreada, no había tenido tiempo de preparar la reunión, y se puso a ello apresuradamente. Sus convecinos le habían votado con una plataforma conservadora que prometía reducir el déficit que sufría la comunidad implementando 'nuevas' medidas 'de toda la vida', y como nadie le había preguntado cuáles eran, ahora tenía que arreglárselas para crearlas. Una cosa sí que estaba clara: su mandato sería un mandato serio, firme y contundente.

Empezaría por organizar lo que eran las reuniones en sí. Aquellas reuniones solían durar largas horas en las que los asistentes hablaban (más bien gritaban) todos a la vez como si fuese aquello un gallinero. Había que poner orden. La primera innovación de la nueva era Upildiana iba a ser la implementación del instrumento de mayor eficacia en la gestión de todo proceso financiero-legal: el martillo de juez. Y para empezar con un ejemplo de ahorro, eficiencia y frugalidad que sentase la base de su mandato, en lugar de comprar uno nuevo procedió a buscar una maza de madera que creía tener en la caja de herramientas, pero no la encontró. Una búsqueda más exhaustiva le proporcionó el mazo ablandador de carne que guardaba Toñi en la cocina que, junto a la pequeña tabla redonda de cortar chorizo, constituirían los símbolos de su formidable mandato. Guardó ambos objetos en el envoltorio de una botella de whisky que consistía en un saquito de terciopelo púrpura con el logotipo de la marca bordado en hilo dorado. Sí: aquel objeto regio y su contenido transmitían autoridad, orden y firmeza, símbolos del firme mandato que don Upildo estaba a punto de empezar a liderar.

Satisfecho con aquella primera medida, ahora solamente tenía que planificar la reunión. Sacó el acta de la junta anterior (de cuando aún reinaba el lechuguino de Munster padre) y se puso a clasificar el orden de urgencia de los ítems tratados y por tratar. El primer tema del día versaba sobre la posible sustitución de la vetusta caldera de carbón del edificio por un elemento de energía renovable. Munster había preparado toda una letanía de números sobre la toxicidad de las emisiones del carbón, así como una proyección del gasto de materia prima y reparaciones en los próximos años, comparada con la sustitución por paneles solares combinados con otras fuentes de energía de las llamadas 'verdes'. Según sus números, se podía ahorrar mucho dinero a largo plazo.

"Verde que te quiero verdeee . . .", canturreó, destaponando alegremente un bolígrafo rojo. Esbozaba su mejor sonrisa sardónica mientras asomaba un trocito de lengua por la comisura de los labios. Se puso a tachar con saña los párrafos que describían aquella idea tan absurda: no solamente el carbón era el combustible 'de toda la vida' (argumento irrefutable), sino que, además, el proveedor era amigo de la infancia que don Upildo. De modo que mientras él fuese presidente, la caldera vieja y su carbón seguirían calentando el edificio como se había hecho siempre. 'Energías Renovables'. Ay, qué risa. Además, la idea de fastidiar a tipos como Munster, López y otros vecinos de la oposición le producía gran deleite.

Satisfecho con aquella su primera decisión de presidente, pasó a la siguiente Orden del Día: una propuesta de doña Queta (mejor dicho, de su hijo, pues a ella nunca se le hubiese ocurrido aquello), para que se pintasen las paredes del vestíbulo principal y la escalera A, que daba la casualidad de ser la de doña Queta. Don Upildo tiró de bolígrafo azul y rodeó la solicitud con un amplio círculo aprobatorio, pues como él también vivía en la misma escalera, aquella propuesta le pareció pero que muy bien. Moción aprobada.

Revisó varias otros apuntes y asuntos pendientes de menor importancia y anotó algunas propuestas de su propia cosecha y con todo ello se consideró preparado para su primera, y sin duda histórica, jornada presidencial.

Se fue al baño a engominarse la cabeza sin ponerse loción para después del afeitado para ahorrar, consciente como era de que no había mujer en todo el edificio que mereciese tal gasto. Sí que se vistió con su mejor traje y camisa, combinados con una discreta corbata que destacaba su figura mayestática, y una bufanda a cuadros colgando del cuello sobre la pechera que fue lo más parecido que encontró a una estola sacerdotal. No le faltaba detalle. Incluso la carpeta con bandas elásticas en la que llevaba los papeles mostraba las letras 'A-Z', reminiscentes de las bíblicas 'Alfa y Omega'. Sin olvidar la bolsa de terciopelo que contenía el simbólico 'martillo de juez', salió por la puerta grande con paso marcial, camino de la sala de reuniones.

La sala de reuniones era un local destinado a almacén de mantenimiento que Rogelio habilitada con varias mesas plegables montadas una junto a la otra para crear una mesa muy larga, con sillas también plegables a su alrededor. No faltaba día en que no se quejase de que aquel trabajo no encajaba en la descripción de su puesto, y siempre exigía se le pagase como horas extra. Don Upildo resolvió bregar con aquel sindicado uno de estos días, pues aún recordaba la parsimonia que ejerció, con muy mala uva en opinión de don Upildo, cuando necesitó que le procurase la llave de su casa el otro día; y eso que guardar las llaves sí que formaba parte de sus funciones laborales.

Cuando Rogelio terminó de reivindicar sus derechos ante un desinteresado don Upildo, lo despidió con un gesto displicente y se sentó a la cabecera de la mesa, de espaldas a la pared, y frente a la puerta por donde entraría su nuevo vasallaje (los incautos vecinos de la Comunidad). Ordenó pulcramente sus papeles sobre la mesa sin olvidar colocar estratégicamente el estuche de terciopelo a su derecha, bien a la vista. Así quedó preparado para ejercer la Presidencia.

El primero que llegó fue el hijo de doña Queta, un jovenzuelo imberbe del que se sabía a ciencia cierta que votaba a las derechas. Tenía un poco de pinta de zangolotino pero, en principio, a don Upildo le caía bien aunque no fuese más que por su afiliación política.

Al rato llegaron varios vecinos más, incluyendo el hijo de Munster, Fidel, cuyo padre debía estar resentido por haber perdido la presidencia, pues aquella era la primera vez que enviaba a su hijo a representarlo.

Luego llegó la actriz Moncha Blasco, la que se había encontrado a Cule en el ascensor, acompañada de aquella florecilla silvestre de López quien, a Dios gracias, venía sin Sultán. Como ella hacía las funciones de Secretaria de la Asociación, su sitio estaba a la izquierda de don Upildo. Nada más sentarse, le preguntó con voz ansiosa:

"Señor Ruebañoz, no he tenido ocasión de preguntarle, pero dígame por favor lo siguiente: el otro día cuando entró usted en el ascensor detrás de mí, ¿no notó usted nada raro?" Retorcía nerviosamente entre las manos la boina negra que siempre llevaba.

"No sé a lo que se refiere . . .", contestó don Upildo con grandes ojos redondos.

"Pues no sé, algo en el suelo . . ." Era evidente que la pobre mujer creía haberse vuelto loca y no se atrevía a decir abiertamente que pensaba que se había encontrado una pitón en el ascensor.

"Pues la verdad, no recuerdo . . .", contestó empezando a sentir el conocido regusto que solía experimentar cuando personas que cataloga como débiles sufrían un poco por su causa, pues el ego de don Upildo era, a veces, ciertamente frágil.

"En el suelo. Intente recordar. ¿De verdad que no vio usted nada . . . ?"

"Pues no recuerdo nada especial, qué quiere que le diga . . . Yo desde luego no vi nada. ¿Qué vio usted?", añadió con tono retador.

"Bueno, me pareció ver algo extraño, como . . . bueno . . . pero si usted dice que no vio nada . . . pero que nada de nada . . . yo . . ."

"Pues sí, no vi nada; nada más que una cabina de ascensor, claro está. No entiendo lo que me dice. ¿A ver si va a estar usted viendo vacas volando?" le preguntó mirándole fijamente a los ojos. Ella se calló y empezó a colocar sus papeles con cara de angustia, totalmente convencida de haber visto visiones. Como ya no decía nada más, don Upildo dio el asunto por zanjado y se levantó para saludar a Muesca, que acababa de llegar. Herminio Muesca era el Tesorero de la Asociación, policía retirado, y por tanto el único vecino realmente digno de la admiración y respeto de don Upildo. Se sentó de nuevo mientras el ex-policía tomaba asiento a su derecha, como mandaba el protocolo.

López se había sentado hacia la mitad de la mesa, y dirigió a don Upildo una mirada que decía: "Te gané, vejestorio", a la que don Upildo respondió con otra que significaba: "Ya veremos, pollo. Aquí mando yo."

La madre de Carmencita apareció por la puerta; era ella quien venía en representación de su familia en aquella ocasión, pues aquel era de los pocos matrimonios que se turnaba en la casi siempre desagradable función de asistir a las reuniones de vecinos. En cuanto vio a don Upildo le dirigió una mirada de desafío que él sostuvo con la mano apoyada en el estuche púrpura hasta que ella bajó la vista. Su nueva autoridad le revestía de una fuerza nueva e incombustible que le estaba empezando a encantar.

Don Upildo consultó su reloj de pulsera. A la hora en punto, sacó el ablandador de carne y la tabla de su estuche y propinó media docena de buenos porrazos que obligaron a los asistentes a suspender sus inocentes jacarandas. Don Upildo dejó que el silencio y su presencia marcasen el tono de su nueva titularidad y ordenó que se abriese la sesión.

Se puso en pie. "Damas y caballeros", empezó solemnemente haciendo como que leía unas cuartillas en blanco que había por allí. "Seré breve. En esta jornada histórica del primer día de mi presidencia sobre este cuerpo administrativo, son mi deseo y voluntad inquebrantables el gobernar con juicio imparcial para obtener los objetivos de bienestar, prosperidad y justicia que . . ."

"¡Al grano, abuelete!", interrumpió alguien sentado en las últimas sillas de la mesa que debía ser algún realquilado. Siempre había algún gracioso por ahí.

Don Upildo se hizo el sordo, prosiguiendo con dignidad:

" . . . que todos y cada uno de nosotros merecemos y deseamos y que conseguiremos con el sudor de nuestra frente y con la ayuda de Dios Padre Todo Poderoso . . ."

"¡Quita *pa* allá!", se volvió a escuchar.

"Bonito discurso, Ruebañoz, pero el tiempo corre . . .", aprovechó Muesca para soplarle al oído.

" . . . de Dios Todo Poderoso como íbamos diciendo. Procedo a levantar la sesión de hoy, empezando con la Orden del Día", concedió disimuladamente don Upildo, siempre respetuoso con la Ley y el Orden que representaba Muesca.

Pasándole una hoja, le dijo a la Blasco:

"A ver, proceda la señora Secretaria: ¿cuál es el primer asunto de la Orden del Día?"

"Propuesta de Sustitución de la Caldera de Carbón por Fuentes de Energía Renovables", anunció ella. Estaba acostumbrada al temperamento mandón de los directores, y por ello no le afectaban los modales medio fascistoides del bueno de don Upildo.

La sala estaba dividida entre los conservadores que querían seguir con el carbón y los de tendencias progresistas que deseaban cambiar, pero como todos estaban de acuerdo en no querer poner ningún dinero, al final la caldera de carbón, más cara y más sucia, resultó vencedora.

"¡Tema cerrado!", proclamó victoriosamente don Upildo propinándole otro buen mazazo a la tabla de chorizo. "¡Siguiente asunto, señorita Blasco!"

Ella volvió a consultar la hoja, leyendo:

"Propuesta para la pintura del vestíbulo y pasillos de la escalera A".

El hijo de doña Queta se enderezó en su silla, dispuesto a la lucha. La primera voz de protesta no se hizo esperar:

"¿Cómo que escalera A solamente?¿Y eso por qué? ¿Y la escalera B?", saltó López sin rastro de femineidad.

"Porque en la última reunión se votó que los vecinos de la escalera B rechazaban el gasto, y como las visitas que vayan a cada casa no van a ver más que un pasillo, se aprobó que así fuese. Haber acudido a la reunión, señor mío, en lugar de dedicarse a . . . lo que sea que se dedique usted . . .", añadió don Upildo con gesto adusto.

"¡Me siento perjudicado!", exclamó él. "Yo también quiero que me pinten mi pasillo. Y si no quiere el vecino de enfrente, que me pinten mi pared y punto". "Ay, lo mono que quedaría . . .", añadió, y se rió él sólo de su propia gracia, con aquella risita amanerada y sumisa, ji-ji, ja-ja, mientras buscaba con los ojos a alguien que se riese con él para compensar la agresividad que sentía venir de su mayor enemigo, Herminio Muesca. Muesca y él habían tenido un altercado en previas reuniones y la tensión entre ambos se palpaba visiblemente.

"Haga el favor de no decir sandeces, López", ladró Muesca. "Esta es una junta seria; usted a callar y a votar". Aquello cortó en seco la risita del pobre López, dejándolo mustio y serio. En opinión de Muesca, aquel era un edificio de personas 'respetables' donde las actividades homosexuales no eran de recibo, y los vecinos conservadores se apresuraban a demostrar públicamente su repugnancia ante López, bajo pena de unírsele en lo que consideraban la temida fama de barbilindo.

Don Upildo, que estaba disfrutando enormemente, esperó a que Muesca terminase de machacar a López para reabrir el debate sobre la pintura del pasillo A. Todo el mundo quiso dar su opinión a la vez y se vio obligado a imponer silencio de nuevo a mazazo limpio. Le costó varios intentos.

"Señoras y señores: calma. Los propietarios de la escalera A han sido los únicos que están dispuestos a subvencionar el gasto de pintura. Los otros se quedan sin ella." Pam, pam.

En esto se levantó el hijo de Doña Queta para pedir la palabra, colocándose las gafas:

"En esta economía de libre mercado, las soluciones deben estar marcadas por un intercambio comercial. Propongo la organización de un evento social con el que se sacarían fondos para las reparaciones. De esta manera los propietarios no tendríamos que desembolsar nada".

"Qué redicho es este tío", pensó don Upildo, muerto de envidia por no habérsele ocurrido una idea tan emprendedora y sumamente derechista.

Tras un momento de silencio que pasó buscando algo negativo que alegar, don Upildo intervino:

"Y, ¿cómo cobraríamos al público? No tenemos ningún tipo de permiso. Le recuerdo, joven, que esto no es un restaurante ni una sala de baile." A ver qué contestaba el petimetre del hijo de doña Queta a aquella brillante objeción.

"Muy sencillo: se pone una mesa con un cartel que diga 'Donativos' con una sugerencia de, digamos ciento cincuenta o doscientas pesetas".

Otro murmullo se dejó oír.

"Eso no va a resultar", dijo López. "Yo conozco a más de uno que vendría a comer y a bailar encantado pasando de largo por el cartel de 'Donativos'.

"De eso nada", comentó Muesca, a quien la idea le había parecido estupenda tratándose de conseguir pintar su pasillo gratis. "Yo me pongo en la puerta con la cartuchera; pocos pasarán sin pagar; y al que se escape, se le ponen dos guardaespaldas que le vayan quitando los platos de comida de la mesa antes de que pueda alcanzarlos." Aquella solución parecía perfecta.

La madre de Carmen, cuya mente había quedado en suspenso desde que se anunció la idea de la fiesta, interrumpió:

"¿Cómo?¿Una fiesta?¿Con cuadro flamenco?"

"El espacio del que disponemos es amplio: esta sala, el vestíbulo y la parte que nos corresponde de patio", continuó el joven sin inmutarse. "Se puede organizar una verbena en el patio con un pinchadiscos, y la venta de tapas y bebidas aquí mismo. El vestíbulo se puede dedicar al cuadro flamenco que sugiere la señora Pacheco aquí presente, con invitación de otros grupos musicales con talento propio.

"Huy, no va a hacer falta invitar a nadie más. Carmencita tiene un repertorio larguísimo . . .", comentó con orgullo y mirando a don Upildo de soslayo.

"Y tanto", pensó don Upildo.

El hijo de doña Queta proseguía:

"Sin ofender a nadie, habría que pensar de todas maneras en invitar a alguien más para ofrecer variedad."

Se hizo el silencio mientras todos pensaban.

"¿Y el tipo que toca el bombo?", dijo uno de los nuevos del final.

"Buena idea", dijo el hijo de doña Queta. "A ver, ¡que se identifique el vecino que practica el bombo . . . !"

Nadie dijo palabra, pues aquel era un tema tabú, ya que había constantes quejas sobre la persona que practicaba instrumentos de percusión constantemente, molestando a todo el mundo, y nunca se había descubierto quién era. Aprovechando el silencio, los vecinos se pusieron a comentar, encantados, la idea del evento para recaudar fondos, hasta que don Upildo volvió a poner orden. Después de muchos dimes y diretes y montones de ideas, nadie se quiso hacer cargo de trabajar para poder avanzarlas y el asunto quedó en nada, como de costumbre.

Cerrado el tema, Don Upildo ordenó iniciar la parte de ruegos y preguntas.

López tomó la palabra para pedir que se eliminase la reglamentación que obligaba a los dueños de mascotas a limpiar sus excrementos a la entrada del edificio, argumentando que una vez fuera de la propiedad no se podía obligar a nadie. "Es anticonstitucional", sentenció.

Don Upildo se opuso rigurosamente a la moción y todos los vecinos que no tenían perro le secundaron. Como eran mayoría, ganaron. López se tuvo que resignar, y don Upildo le dirigió una mirada feroz de "toma ya".

El hijo de doña Queta volvió a sacar a colación el tema del músico del bombo, diciendo que su madre padecía de jaquecas y que había que ponerle una denuncia. Uno de los nuevos dijo que creía que el del bombo no vivía en su edificio, sino en el de enfrente (el de Marta). Los vecinos de la escalera A coincidieron todos en apoyar la medida pues eran a los que más les afectaba, mientas los de la escalera B, como sus ventanas daban a otro patio distinto, no lo oían tanto y se negaron, diciendo que no se creían que el ruido fuese tan molesto. Aquel punto motivó otro intercambio general de opiniones y don Upildo tuvo que echar mano de nuevo al mazo. No acababa de golpear la tabla cuando se oyeron otros ruidos distintos. Todos se callaron mientras escuchaban unos golpes parecidos a los que acababa de dar don Upildo sin que éste tocase el mazo. Como las ventanas de la sala de reuniones daban al patio de la escalera A, y lo que se escuchaba eran los primeros ritmos del músico, que se acababa de poner a practicar, los vecinos de la escalera A, liderados por el hijo de doña Queta, empezaron a decir: "Ahí está, escuchémosle", "ya empieza . . ." y don Upildo, que también tenía la desgracia de escucharlo desde su casa, ordenó abrir las ventanas para oír mejor. La chica que se ofreció a abrirlas dijo:

"¿Qué ha pasado en el patio? Está todo lleno de ropa . . ."

Algunos vecinos se acercaron a la ventana comprobando que, efectivamente, el patio estaba sembrado de toda la ropa que había tirado don Upildo. Todos volvieron a sus sitios con expresiones de extrañeza. Por suerte para él, Muesca dijo:

"Hay que tomar medidas contra el conserje. La limpieza del edificio deja mucho que desear."

Un murmullo de aprobación se elevó por la sala y se decidió amonestar a Rogelio. A los pocos minutos apareció el hombre diciendo que aquella ropa no estaba por la mañana y que primero había que buscar al 'tío *chalao*' que hubiese hecho aquello. Don Upildo se estremeció recordando el comentario que habían soltado desde el patio, pero como nadie le acusó comprendió que probablemente quien le hubiese visto vivía en el edificio de enfrente o, en el peor de los casos, era alguien que no estaba presente en la reunión.

Don Upildo se apresuró a regañar a Rogelio amenazándole con perder el empleo, ordenándole que recogiese la ropa de inmediato y diciéndole que ya hablarían, y le conminó a que dejase la sala de inmediato.

Cuando se hubo marchado, respiró, apresurándose a volver a encauzar el tema sobre el músico del bombo, y pidió silencio a la sala para seguir escuchando lo que sucedía en el patio. Normalmente el recital era solamente de bombo, pero aquel día era distinto, pues aunque el autor de los compases empezó solo, debía de haber invitado a otros profesionales, ya que empezaron a agregarse más instrumentos, afanándose en un alegre ritmo de congas y panderos, carracas y platillos, bongos, maracas y triángulos y hasta un cencerro que parecía de vaca suiza o cabra ibérica. El bombo, tal vez por ser el instrumento que más familiar les resultaba, parecía ser el eje del conjunto. Era imposible decir si aquel galimatías audífono formaba parte de alguna cruel composición musical o si cada participante le zumbaba a su instrumento a su propio albedrío. Subió el entusiasmo del grupo y con ello el volumen de la actuación, y los cristales de las ventanas empezaron a retumbar. Los bolígrafos que estaban en la mesa también tintineaban al compás de la pachanga.

Los vecinos de la escalera B comprendieron que había que hacer algo de inmediato. Por otra parte se concluyó que como el autor vivía en el edificio de enfrente, la Asociación no tenía alcance para intervenir allí.

Hubo varias sugerencias que iban desde llamar a los bomberos hasta crear un fondo para poner aislamiento acústico en las habitaciones que daban al patio A, hasta que por fin el ex-comisario Muesca sugirió que se le contraatacase con otro estímulo auditivo.

Todo el mundo reaccionó con curiosidad y recelo hasta que se explicó, diciendo que se podían poner unos altavoces en las ventanas de la sala en la que se encontraban, conectados a una máquina de cassettes, y que con el volumen apropiado retumbaría la música por todo el patio produciendo una molestia muy superior a la que estaban padeciendo. La idea gustó. Luisa Pacheco indicó que ponía a disposición de la Comunidad su radio-cassette, y alguien de las últimas sillas dijo que un amigo suyo tenía una tómbola y que a lo mejor les prestaba los altavoces un par de días.

"Y . . . ¿qué música ponemos?", se preocupó López.

"Unas sevillanas", sugirió rápidamente la Pacheco.

"Cualquier cosa de Los Beatles . . .", secundó Moncha Blasco.

"La Marcha Fúnebre de Chopin; a mi padre le encanta . . .", terció el joven Munster.

"Si vamos a tener que escucharlo todos tiene que ser algo que guste a todos", comentó una chica de las del final de la mesa; pero otros dijeron que precisamente lo que no tenía era que gustar a nadie para que tampoco le gustase al tío del bombo, pues la idea era fastidiarle.

Don Upildo volvió a poner orden en la sala y aunque no se pudo concluir qué música exactamente era la se iba a utilizar, por lo menos quedó claro que se le darían los altavoces y el cassette a Rogelio y el primer vecino que escuchase el bombo le llamaría para que él conectase la música; tendría instrucciones de dejarla puesta por lo menos durante una hora. Si al apagarla seguía el del bombo o empezaba de nuevo, se repetiría la terapia tantas veces como fuese necesario. La sala aprobó la moción por unanimidad.

La reunión concluyó con otro amago de discurso por parte de don Upildo y cada cual se fue a su casa con la satisfacción de haber participado en la consecución de objetivos de gran importancia para el bienestar común.

Corolario: A la semana siguiente, el chico cuyo amigo tenía la tómbola vino con otros dos a traer cuatro altavoces de feria descomunales que instalaron en las ventanas de la sala. A Rogelio hubo que comprarle un par de auriculares homologados para la protección del oído en entornos industriales, pues se negó a participar sin ellos. Por fin todo quedó listo para el experimento.

El primer concierto de bombo no se hizo esperar, y fue el mismo don Upildo quien llamó a Rogelio por teléfono para que fuese a conectar la música. Cuando colgó, se sirvió un café frío que había sobrado del desayuno y se sentó en la cocina con la ventana abierta para esperar a los acontecimientos. Estaba observando las ventanas de Marta con los prismáticos cuando unos villancicos se elevaron por todo el patio produciendo un exquisito retumbar de cristales. Concretamente la zambomba era deliciosamente inaguantable.

La próxima vez que don Upildo vio al conserje le preguntó que de dónde había salido la idea de los villancicos. Rogelio respondió que era lo que a él le gustaba y que si no le parecía bien a los señores propietarios podían mandar a otro, porque, le recordaba, hacer de pinchadiscos tampoco estaba contemplado en su contrato laboral. "Pues no faltaría más", concluyó.

Don Upildo había dado por terminada la conversación cuando Rogelio le acercó la cara al oído para decirle:

"Por cierto, 'tío *chalao*', que ya sé quién se dedica a tirar la ropa por la ventana. Si pierdo el empleo te mando al manicomio. ¿Queda claro? Pues eso, hala, con Dios . . ."

Y tomando el pitillo que solía llevar acomodado sobre la oreja, lo encendió, y se puso a fumar flemáticamente para ver pasar la sempiterna caravana de coches desde el portal.

VIERNES

SI EL DÍA anterior don Upildo se había levantado con agujetas, excuso decir cómo se sentía aquella mañana, pues como todo el mundo sabe las agujetas arrecian no al día siguiente de haber hecho ejercicio sino al otro. Su instinto le aconsejó quedarse en la cama, pero tenía cita para volver al Centro de Belleza Apolo y, además, se dijo que ya que se estaba gastando el dinero lo menos que podía hacer era presentarse. Por último pensó de nuevo en el romance que le esperaba con Marta una vez recuperase su aspecto juvenil y terminó poniéndose en marcha, lento pero seguro.

Volvió otra vez más a remojarse en la bañera para ablandar los músculos sin por supuesto enjabonarse porque seguía sin ser sábado. Luego se puso el chándal y las Adidacs y se tomó dos cafés. Consultó la dieta sugerida que consistía aquel día en un huevo duro y un café con sacarina y como no quedaban ya huevos, se fumó dos cigarrillos y salió para el Centro, pues después de lo que le había pasado con las porras y el café no quiso arriesgarse.

Al llegar, le abrió otra vez la señorita que ya no sonreía tanto no se sabía por qué, pero le hizo pasar al gimnasio del otro día. Como allí no había nadie tampoco, don Upildo se puso a inspeccionar la andadora con precaución, hasta que entró Déimien con su dossier bajo el brazo. Iba todo acicalado y con la misma pinta que el otro día, solamente que con una camiseta y pantalones de otro color.

"¿Qué, cómo se encuentra usted hoy, señor Ruebañoz?", preguntó con tono alegre y energético.

"Pues . . ."

"Sí, ya me imagino que tendrá agujetas pero, ¿sabe cómo se quitan? Con más ejercicio. No hay otra manera".

Parecía que estaba disfrutando el muy puñetero.

Sacó del dossier unos cuantos folios que resultaron ser las recetas que se le habían olvidado el otro día en el vestuario, y don Upildo se los guardó en el bolsillo del chándal.

Déimien volvió a concentrarse en sus notas y cuando terminó volvió de nuevo a transformarse mágicamente en perro ladrador, diciéndole bruscamente y con muy mal talante:

"Upildo: ¡Diez minutos en la caminadora!"

"Ah, no, yo no me vuelvo a subir más ahí . . ."

"Mira, si vas a empezar a cuestionar mis decisiones lo dejamos. Para tener resultados vas a tener que seguir mis instrucciones. Soy el monitor y aquí mando yo. ¿Entendido?"

Aquellas maneras paramilitares de nuevo volvieron a tomar control del subconsciente de don Upildo.

"Bueno, pero no se vaya, ¿eh?", concedió.

"Tranquilo, que hoy me quedo todo el tiempo. Venga, arriba".

De manera que se subió a la temida cinta y empezó a caminar, obligado por la máquina, igual que el otro día. Al principio le dolía todo el cuerpo, pero a los pocos minutos se dio cuenta con agrado de se le estaba quitando el dolor; sin embargo, al rato empezó a sudar y a perder el aliento y a aborrecer otra vez el trote al que se le estaba sometiendo. Qué tortura. No podía ni pensar en Marta. Jadeando, alzó la voz por encima del chin-chin de las poleas para preguntarle a Déimien que cuánto le quedaba, pero como se había sentado a consultar el dossier en la esquina opuesta del gimnasio, no le oía. ¿Sería posible que se fuese a repetir la odisea del otro día?, se preguntó angustiado. Siguió trotando y ya estaba a punto de dar el grito de alarma cuando la máquina empezó a bajar de velocidad gradualmente hasta que por fin se detuvo. Qué gusto. Jadeaba y sudaba ya bastante, pero por lo menos no le dolían ya tanto los huesos y además estaba contento de que la máquina no le hubiese atacado aquella vez. En fin, parecía que el día prometía.

Déimien se puso de pie y se acercó, alegrándose de ver que don Upildo había aguantado tan bien.

"¿Ves? No es tan difícil, digo yo . . ."

Ganas le dieron a don Upildo de decirle lo que pensaba pero de nuevo puso freno a sus impulsos acordándose de que después de todo era cierto que era Déimien quien estaba ahora al mando.

"Bueno, pues nada", dijo Déimien complacido con la actitud sumisa de su cliente. "Ahora que ya has calentado, vamos al potro", añadió.

"Anda, no sabía que también se daba equitación . . ."

"No hombre, no: al potro de gimnasia", le corrigió Déimien señalándole el aparato que tenía a unos pasos de distancia.

Tomando carrerilla, el instructor saltó por encima del mismo abriendo las piernas en un ángulo perfecto y aterrizó en la colchoneta como un atleta olímpico bien entrenado. Ahora le tocaba a él.

Don Upildo no había saltado al potro desde su primera comunión, pero se dirigió valientemente al mismo punto desde el que había salido Déimien y, meneando sus finas canillas todo lo que pudo, se lanzó a galope tendido. Iba para salto histórico pero al final frenó en seco justo antes de saltar pues, según le comunicó a Déimien, "necesitaba más pista de despegue". Déimien dijo que se dejase de tonterías y que volviese a empezar, así que se puso otra vez a correr hacia el potro y, plantando las manos sobre el mismo, brincó como pudo consiguiendo auparse lo suficiente como para pasar una de las piernas por encima. Casi ya tenía la segunda cuando se oyó un desgarro muy grande que lo desconcentró, y terminó sentado a horcajadas en mitad del potro, habiéndose atizado además un porrazo en la entrepierna. Cuando se bajó, constató que se le había desgarrado la parte de atrás de los pantalones al abrir las piernas y además se le debían estar viendo todos los gayumbos por el roto. No sabía si le dolía más la humillación del desgarro o el porrazo pero Déimien no le dio tiempo a pensar más porque le ordenó que se acercase a la cuerda de nudos, diciendo que los brazos ya los había calentado bastante.

"Pero primero, una pequeña demostración", dijo. "Cuando yo te diga, tiras de la cuerda para que se tense, ¿de acuerdo?"

Don Upildo asintió y se quedó junto a la cuerda palpándose la costura para estimar el tamaño del desgarro, que parecía ser de por lo menos cuatro dedos. Déimien respiró profundamente varias veces con los ojos cerrados. Cuando pareció que ya se había concentrado—o que por lo menos había hecho el teatro necesario-, dio un salto de tigre y se colgó de la cuerda con las manos, empezando a subir por ella con las piernas paralelas al suelo como había hecho en las espalderas el otro día. El torso y las piernas formaban una *ele* perfecta. Cuando había subido como una tercera parte de la cuerda le pidió a don Upildo que la tensara desde abajo, pero éste estaba todavía ocupado intentando calcular la superficie de gayumbos que se veía por el roto y no le prestó atención, hasta que dio un grito portentoso que lo sacó de su ensimismamiento. En cuanto notó la cuerda tensa, Déimien emprendió una subida rápida y certera hasta tocar el techo, bajando y subiendo así varias veces, terminando con un descenso lento y contenido. La demostración había terminado. Déimien volvió a hacer su clásica pantomima de quedarse con los ojos cerrados inspirando profundamente como si estuviese en trance, esperando como siempre que su pupilo irrumpiera en un espontáneo aplauso. Don Upildo sacó un pañuelo del bolsillo y se sonó la nariz con gran trompetería para comunicarle al tal Déimien que aquel paripé no le había impresionado. El monitor dio por recibido el mensaje, prometiéndose vengarse del vejestorio a la primera oportunidad.

Abriendo los ojos de golpe y con muy mala uva, le ordenó:

"Hala, te toca, Upildo, venga: te quiero ver dieciséis veces arriba y abajo, piernas rectas, noventa grados, vamos, vamos, ¡No tengo todo el día!¡Arriba, venga! . . ."

Don Upildo obedeció agarrándose a la cuerda con las dos manos por encima de la cabeza, y empezando a tirar de su cuerpo hacia arriba. Pero apenas le quedaba fuerza en aquellos brazos flacuchentos, y menos con los kilos que le sobraban, por lo que al subir tres nudos ya no pudo más. Además, las piernas las llevaba colgando de cualquier manera pues bastante tenía con intentar izarse a pulso como para ocuparse de ellas.

A Déimien normalmente le hubiese importado un comino que aquel saco de grasa subiera por la cuerda o no, pero la Dirección le había avisado de que aquel día iba a venir un inspector del Ministerio y no pensaba dejar que le pescaran con un alumno tan fofo sin que estuviese por lo menos sudando la gota gorda. Además, quería tomarle una foto para luego poder exhibirla en la publicidad del Centro en su secciones de 'Antes' y 'Después'. Los clientes normalmente se negaban a hacerse la foto de 'Antes' pero luego solían acceder a su uso cuando veían lo mucho que habían mejorado de aspecto físico. Los pocos que tenían éxito en el programa.

Viendo que don Upildo no podía subir más, Déimien se puso a cuatro patas debajo de él para empujarle con la espalda hacia arriba y que subiese así, cosa que hizo, pues no tenía que hacer casi ningún esfuerzo, ya que era el musculoso Déimien quien estaba haciendo toda la fuerza desde abajo.

"¡Apóyate en cada nudo!", le gritaba Déimien.

"¿Cómo que 'melenudo'?", preguntó don Upildo desde arriba, extrañado.

"¡Que te sientes en el nudo! Aprieta los muslos y siéntate en el nudo y luego tira con los brazos arriba y te apoyas en el nudo siguiente, y cierras las piernas otra vez. ¡Venga, ya casi estamos!"

Don Upildo hizo lo que le decía y la verdad es que más o menos iba aguantando pero le dio por mirar al suelo y empezó a asustarse al recordar el pánico que le tenía a las alturas. De hecho estaba ya tan arriba que Déimien no llegaba casi a tocarle con las manos, así que le dijo que aguantara un momento mientras iba a por una escalera.

Don Upildo quedó solo, sostenido en el aire por un nudo de cuerda entre las piernas que además ya se le estaba empezando a escurrir. Le quedaban nada más que tres nudos para llegar al techo, y pensó en darle una lección al bobo de Déimien tocando techo él solo, sorprendiéndole así cuando volviera. Alargó los brazos hacia arriba agarrando la cuerda para intentar auparse, pero necesitaba apoyarse con las piernas para poder subir, y empezó a tantear la misma con los pies. Resultó imposible porque, al no haber nadie debajo que la tensase, ésta se había curvado y alejado fuera de su alcance. Intentó auparse ahora con la sola fuerza de sus brazos pero sin el apoyo de la cuerda, y tampoco. Alargó pues un pie para alcanzar la cuerda de nuevo pero no consiguió más que enredarse la pierna. Estaba de lo más concentrado en la cuerda cuando notó que la dentadura se le empezaba a desprender y para que no se le cayera la quiso agarrar con una mano, soltándose de la cuerda y perdiendo el equilibrio durante un instante; de alguna manera lo recuperó y, además, había conseguido que no se le cayera aunque no pudo colocársela en su sitio, pero se contentó con tenerla aún en la boca.

Ya más tranquilo, volvió a la tarea de intentar alcanzar el techo aupándose un nudo más pero, con el movimiento que había estado haciendo anteriormente, éste se le había trabado por el desgarro del pantalón, impidiéndole moverse. Tiró con los brazos varias veces hacia arriba para ver si sacaba el nudo de la costura. Nada. Sacudió las caderas de un lado al otro pero tampoco. Entre el ejercicio, el estrés y la altitud, estaba ya sudando abundantemente y comenzando a escurrirse seriamente cuerda abajo. Se puso pues a idear otra estrategia, decidiendo que lo mejor sería dar un tirón vertical para ver si se le soltaba de una vez el pantalón. Pegó pues un respingo fortísimo hacia arriba que liberó el pantalón del nudo, pero la inercia lo impulsó más allá de lo calculado, propinándole un fuerte golpe al techo con la cabeza. Aquello no hubiese tenido grandes consecuencias si no fuese por la presencia de un aspersor antiincendios que fue lo que recibió el cabezazo. Una potente sirena empezó a sonar al mismo tiempo que el aspersor desencadenaba una tromba de agua a presión sobre el pobre don Upildo. Evidentemente, el sistema también respondía a terremotos.

A los pocos momentos apareció Déimien con la escalera quien le gritó despavorido que esperase unos momentos y desapareció de nuevo para volver con la directora. Ambos arrastraron la escalera por el suelo hasta donde estaba colgado don Upildo, y Déimien se subió en ella para ayudarle a bajar, pero como nadie atendía a la cuerda, no tenía manera. Déimien y la directora se comunicaban a gritos intentando entenderse por encima de la sirena y del tumulto del agua, hasta que por fin ella se dio cuenta del problema y tensó la cuerda, pisándola con el pie. En esto se cortó la tromba de agua y la sirena por fin se silenció, permitiéndoles, no sin bastantes problemas logísticos, conseguir hacer bajar a un don Upildo empapado y asustadísimo. Estaban los tres completamente calados; el suelo del gimnasio tenía por lo menos dos dedos de agua. Déimien se abalanzó hacia la caminadora para desenchufarla mientras la directora miraba incrédula por todas partes como para buscarle una explicación a lo sucedido. ¿Y don Upildo? Don Upildo simplemente temblaba como un flan. Estaba chorreando, con la parte trasera de los pantalones ahora ya totalmente desgarrada.

La directora le preguntó que si se encontraba bien y él asintió. Vino la enfermera, también con el pelo y ropa calados, y le cuchicheó algo en el oído a la directora, llevándosela fuera.

Déimien estaba callado por primera vez, observando el techo y el resto del gimnasio, calculando las (pocas) probabilidades que tenía de mantener el empleo. Volvió otra vez la enfermera con un botiquín de urgencias y le pidió a don Upildo que la acompañase a uno de los despachos traseros caminando por el pasillo lleno de agua, pues al parecer el sistema se había activado en todo el piso.

Cuando llegaron al despacho, le pidió que se sentase y le reconoció la cabeza. No se había hecho sangre, pero sí que tenía un chichón descomunal. Se fue y volvió al rato con una bolsa de hielo y unas toallas, todo lo cual utilizó don Upildo pensando que por lo menos el día de gimnasia había terminado. Cuando habían pasado unos minutos volvieron la enfermera, la directora y Déimien, que traía un vaso de café de máquina tragaperras por si le apetecía. Don Upildo dijo que no, que muchas gracias. La directora le preguntó que si quería que le llamasen a un taxi, que se lo pagaba la empresa, a lo que dijo que sí; y cuando llamó el taxi diciendo que le esperaba en el portal, salió por la puerta acompañado de los tres profesionales, quienes le desearon muy amablemente que se mejorase, cerrando la puerta del ascensor rápidamente.

Ya casi había llegado a la primera planta cuando se dio cuenta de que con todo el lío se le había perdido la dentadura, y decidió subir a por ella. Cuando llegó, la puerta estaba entornada y además oyó unos plañidos estentóreos como de una o varias personas padeciendo un ataque de histeria. Su primer impulso fue volver al ascensor, pero al final decidió entrar. No había nadie en el recibidor, y avanzó sigilosamente hacia el gimnasio, donde se echó de inmediato al suelo aún inundado para buscar la maldita dentadura. Entonces sonó el timbre de la puerta y hubo un pequeño barullo seguido de silencio; como duraba, don Upildo se volvió a afanar en la búsqueda. Estaba a cuatro patas debajo del potro cuando oyó un murmullo de voces que se acercaba y aparecieron en la puerta la directora y Déimien, todavía empapados, con un señor calvo. Don Upildo tenía el trasero en pompa mostrando claramente el desgarro y los gayumbos. El señor, seguido de Déimien y la directora, vino a preguntarle que qué estaba haciendo y él iba a contestar cualquier cosa cuando la directora le interrumpió diciendo que "el señor Ruebañoz forma parte de nuestra pequeña familia". Resultó que el señor venía del Ministerio. Don Upildo aclaró farfullando malamente que estaba buscando "una cosa que le pertenecía", y por fin la encontró al lado de la caminadora, justo cuando venía la enfermera a buscarle diciendo que el taxista decía que no podía esperar más. Don Upildo se puso la dentadura disimuladamente mientras que todos le miraban con expresión sombría y se fue por la puerta murmurando una breve despedida si más dilación.

El taxista estaba impaciente, y don Upildo se apresuró a abrir la puerta para entrar lo antes posible, deseando poder refugiarse en el anonimato del coche no solamente por la incomodidad de la ropa mojada sino por el desgarrón del pantalón que, al haberse agrandado, exhibía ahora una grandísima porción de gayumbos de color amarillo y rojo, que eran los que él siempre usaba por ser los colores nacionales. Pero el taxista, al verle la ropa mojada, se negó a dejarle subir al taxi alegando que le iba a estropear la tapicería. Paró a dos taxis más con el mismo resultado, resignándose a tener que cruzar por toda la Plaza de España a pie. No tenía nada para cubrirse el trasero, y decidió caminar con la cabeza agachada y las manos cogidas por detrás con la esperanza de poder ocultar el agujero. Esperaba llegar a casa sin encontrarse a nadie, y menos a Marta. Pero cuando estaba con la llave metida en el cerrojo del portal, notó un calorcillo y una humedad familiares en la zona del desgarro. Se volvió para ver si era quien se figuraba, y sí, era él, Sultán, quien le tenía el morro metido por todo el descosido, olisqueándole ávidamente los gayumbos. Oyó la risita insulsa de López el cual, por supuesto, no hacía nada para impedirle a su perro que metiera el morro por donde quisiera. Don Upildo se irguió de un tirón y le dio un manotazo a Sultán en todas las narices que le sacó el morro del roto, y abrió la puerta de golpe. López profirió una grosería que don Upildo no alcanzó a escuchar, pues nada más abrir la puerta la cerró tras de sí de un portazo, dándole a López literalmente 'con la puerta en las narices'.

Corrió hacia el ascensor con la esperanza de que estuviera allí, y vacío; lo estaba. Entró en él, escuchando los pasos de López y los ladridos de Sultán acercándose, pero la puerta se cerró antes de que llegasen y don Upildo pudo así llegar a su piso.

Abrió la puerta nerviosamente y la cerró justo a tiempo de oír el ascensor del que salían López y Sultán, quien, para no perder la costumbre, iba ladrando. Ellos tenían su propio ascensor por la escalera B, pero habían subido en el suyo para ver si le pillaban. Qué par.

Don Upildo iba a dirigirse hacia el cuarto de baño cuando se le ocurrió que no estaría mal darle un buen susto al tonto de Sultán, así que se quedó junto a la puerta y cuando calculó que pasaban a su altura, largó un gruñido horroroso, de estos de tonos bajos que ponen la carne de gallina en las películas de miedo. Sultán respondió con un par de ladridos formidables; "Toma ya", dijo don Upildo en voz alta. Y, habiendo conseguido su objetivo, se dio la vuelta con una sonrisa triunfal. Toñi estaba frente a él, escoba en mano, mirándolo con ojos incrédulos, pues no solamente había sido testigo de sus atroces gruñidos sino que sin duda también había debido ver el roto del pantalón. Le miró de arriba a abajo, terminando en el suelo, donde se había formado un charco de agua.

"Ay, Toñi, no la había visto . . .", dijo, sobresaltado.

Toñi deseó no haberle visto tampoco. No reaccionaba. Don Upildo aprovechó para cruzar por delante de ella y seguir hacia el baño del que retiró una toalla. Entró a su habitación, donde se encerró con pestillo. No habían pasado ni dos minutos cuando Toñi dijo desde detrás de la puerta:

"Don Upildo, tenemos que hablar . . ."

"Un momento, Toñi. Ahora salgo".

Notó que ella permanecía tras la puerta pero se tomó su tiempo antes de salir, pues tampoco quería que pareciese ansioso por complacerla, no fuese a ser que estuviera buscando una subida de sueldo.

Cuando don Upildo empezó a quitarse el chándal, se le cayó del bolsillo un manojo de papeles mojados que eran los restos mortales del recetario. Los desplegó con la esperanza de que todavía resultasen legibles pero la tinta se había corrido y terminó por tirarlo todo a la papelera. Cuando se hubo secado pausadamente, mudado y recompuesto un poco de todo lo que le había pasado, abrió la puerta. Aún se encontraba allí la mujer, con la cara muy pálida y empuñando la escoba como si fuese la espada del Cid.

"A ver, dígame, ¿qué pasa ahora?", preguntó impacientemente llevándole la delantera hacia el cuarto de estar.

"Ay, don Upildo, tenemos que hablar . . .", repitió ella.

"Que sí, mujer, que sí. A ver, ¿qué sucede?", preguntó de nuevo, enderezando el espinazo para intimidarla.

"Don Upildo, dígame la verdad: ¿dónde guarda usted la tarántula?"

Mientras Toñi limpiaba y guisaba aquella mañana, don Upildo se mantenía ocupado en leer la prensa en el cuarto de estar cuando se le antojó algo de comer. Consultó el menú de la dieta, que por supuesto no mandaba ni agua a aquellas horas de la mañana, pero recordó las gotas que le había dado la directora para quitar el apetito y decidió probarlas. Localizó el frasco y un vaso de agua, puso las cinco gotas y se lo tomó, volviendo a la lectura. Pasaron cinco minutos y el hambre no se le pasaba, pero en cambio sí que necesitó ir al baño. Fue y volvió y repitió tantas veces que se empezó a preocupar, y decidió consultar el frasco de las gotas por si tuviera contraindicaciones. "Remedio Ultra-Rápido contra el Estreñimiento" era toda la información que daba la etiqueta. Recordó que la directora había dicho que las gotas modificaban el comportamiento, y comprendió que el tratamiento consistía en desviar la atención del paciente a base de mantenerlo ocupado para evitar que fuese a la nevera. "Inteligente estrategia", pensó don Upildo comprobando que, efectivamente, tanta acción y tanta vista y olores desagradables le habían matado completamente el apetito. Cuando por fin se le pasó, se empezó a aburrir y se fue a la cocina donde Toñi estaba empezando a preparar la comida.

"¡Alto ahí, señora mía!", exclamó, al verla pelando patatas.

Toñi dio un respingo, pues don Upildo rara vez se presentaba en la cocina.

"Haga el favor de venir conmigo".

Ella se secó las manos en el mandil y le siguió hasta el cuarto de estar. Una vez allí, él le pidió que se sentase en la butaca mientras le pasaba la hoja del régimen.

"¿Ve usted estos platos? Pues es lo que necesito que me prepare de ahora en adelante".

Toñi echó una mirada recelosa al terrario antes de ponerse a leer la hoja en silencio y al cabo de un rato levantó la cabeza:

"Don Upildo, estas cosas son muy raras . . . ¿Tiene usted las recetas?"

"Nada de recetas. Usted, como cocinera, debería saber cómo preparar estos platos. Si no lo sabe improvise, mujer, improvise . . ." Él hubiese pedido al Centro otro recetario pero, intuyendo que se lo iban a negar, había decidido dejar que su empleada se las arreglase antes que tentar aún más la paciencia de la directora. Ella volvió a consultar la hoja.

"¿Lo sabe su hija?", preguntó sin levantar la vista.

A don Upildo le molestaba soberanamente que sus decisiones se viesen supeditadas a la voluntad de su hija, por muy jefa de Toñi que fuese.

"Toñi: el que come soy yo y el que paga soy yo. Haga el favor de hacer lo que le digo".

Toñi no dijo nada y volvió a prestar atención a la hoja.

"De modo que hoy quiere usted que le prepare 'Pato a la Naranja'. ¿De dónde saco yo el pato?" preguntó, levantando por fin la vista de la hoja.

"Vamos a ver: no tiene usted que seguir las recetas exactamente: puede sustituir unos ingredientes por otros parecidos", dijo, emulando las palabras de la directora. "O sea, si no tienen pato en la tienda, compre perdiz o pavo o en el peor de los casos, pollo. ¿Comprende?"

"Sí . . . bueno . . . Yo le tenía hoy sopa y cocido madrileño para comer y tortilla de patatas de cena pero si no le gusta . . ."

Qué compromiso. Don Upildo adoraba el cocido y la tortilla.

"Esto . . . Toñi . . . Si todo eso está a medio guisar termínelo, pero de ahora en adelante esto es lo que quiero que me prepare", dijo, señalando imperativamente con el dedo a la hoja del menú.

Toñi volvió otra vez la vista al papel, insistiendo:

"Yo esto no sé guisarlo, Don Upildo. Estos nombres son muy raros . . ."

"Vamos a hacer una cosa: lea los nombres y con los ingredientes que tenga usted haga lo que pueda". "Un ejemplo", continuó, quitándole la hoja de las manos: "'Filloa' rellena de Marisco. ¿Qué es la filloa?"

"Ay, ¿yo qué sé . . . ?"

"Yo tampoco lo sé, pero el marisco sí que sabemos lo que es, ¿no?"

"Ah, sí, eso sí, Don Upildo . . .", dijo ella animándose un poco.

"Bueno, pues compra usted marisco, pongamos mejillones por ser lo más barato, y lo guisa usted como le parezca: lo hierve, le pone cebolla, tomate, lo que quiera; y la 'filloa' esa se la inventa. Es lo único que tiene que hacer".

Toñi asintió no muy convencida pero se fue para la cocina con el papel en la mano. Al cabo de un rato volvió:

"Don Upildo, para guisar todo esto voy a necesitar más dinero".

Él sacó unos cuantos billetes de la cartera recomendándole, como siempre, que comprase lo más barato y que volviese con los recibos. Y con aquellas instrucciones la asistenta regresó a la cocina para planificar la compra de aquella mañana.

A Toñi siempre la había gustado ir a la compra, y más todavía en el barrio tan antiguo de don Upildo, pues le recordaba mucho a su pueblo albaceteño, donde se perdía tantísimo tiempo yendo de una tienda a otra y se divertía una tanto charlando con vecinas y dependientas. En el barrio madrileño de Toñi, como estaba en el extrarradio, no había más que el SuperMax.

Dobló la hoja del menú y se la guardó en el monedero. Lo primero que hizo fue ir a la huevería para ver el tema del 'Pato a la Naranja', que era lo más urgente. La huevería era una tienda antiquísima, pequeña y alargada donde, como su nombre indicaba, solamente se vendían huevos y productos avícolas entre los que curiosamente se contaban conejos y liebres. La tienda tenía un escaparate que exhibía un bosque de pollos pelados colgados del techo bajo el que invariablemente se podía ver al señor pollero con su delantal de rayas verdes y negras. Allí, frente al público callejero, trinchaba patas y pechugas y destripaba conejos sobre un grueso poyo de madera. Su mujer, con otro delantal igual, era la encargada de los huevos, que se encontraban apilados tras una pared de cristal frente al mostrador, clasificados por tamaños. Los precios de cada cosa estaban escritos a mano en una lámina de plástico, sujetos por una barrita de metal y pinchados en cada sección. Cuando la mujer no tenía faena vendiendo huevos, pelaba pollos sobre un caldero lleno de agua caliente.

Cuando le tocó el turno a Toñi, preguntó que si tenían pato. Nada de pato; lo más silvestre era liebre y costaba mucho más que cualquier otra cosa, y terminó comprando un kilo de pavo deshuesado. El pollero se lo preparó, lo envolvió en una hoja de papel de estraza y le dio la cuenta escrita a lápiz en un trozo de papel. Toñi guardó el recibo junto con el cambio en el monedero y salió de nuevo a la calle tirando del carrito de la compra. Cuando estaba esperando su turno en la frutería entró su amiga Felisa, que estaba colocada fija en casa de doña Queta, y se pusieron a charlar mientras les tocaba su turno. Felisa era del mismo pueblo que Toñi, y era gracias a ella que había conseguido el trabajo en casa de don Upildo. Era bastante más alta y joven que Toñi.

"Chica, qué pelos llevo. Esta tarde que la tengo libre me voy a la peluquería", comentó Felisa.

"¿A qué hora libras?"

"A las tres o así, después de recoger".

Quedaron en que irían juntas a la peluquería a esa hora.

Después de que la despachasen, Toñi se despidió de su amiga para seguir con la compra. Lo siguiente era la panadería, que era un horno perteneciente a una familia de muchos hermanos y hermanas de lo más hacendosos, pues confeccionaban toda clase de panes, bollería, rosquillas y pasteles que vendían en la tienda y también al por mayor, repartiendo sus productos en furgonetas. Aquella tienda era la causa principal de los kilos que había ganado Toñi desde que empezó a trabajar en aquel barrio, pues no había vez que pasase por la panadería sin comprarse un bollo o un pastel de aquellos que no había probado en su vida hasta que no había llegado a la capital.

La lista del menú incluía bastante pescado, así que se fue para la pescadería, que estaba al final de la calle, bajando la cuesta. Era también otra tienda de las de toda la vida donde la mercancía se exhibía en cajas de madera con el fondo forrado de hielo. El pescadero también llevaba el delantal a rayas verdes y negras que parecía ser el uniforme de los tenderos del barrio.

"A ver, ¿quién es la última?", preguntó Toñi en voz alta; y una señora que llevaba un serón de esparto dijo que era ella. Mientras esperaba, tuvo ocasión de estudiar los precios y calidades de los diferentes productos. Las sardinas tenían los ojos hundidos y vidriosos y por eso no las quiso; las almejas estaban todas abiertas, señal de que habían pasado a mejor vida. El pulpo como no sabía ablandarlo, no lo compraba nunca, así que ni se molestó en olfatearlo. Terminó por comprar unos aros de calamares que no olían demasiado mal y unos mejillones de los baratos para la famosa 'Filloa de Marisco'; ya vería cómo se las arreglaría para la 'filloa' esa. Como el pescadero era asturiano y 'filloa' le sonaba a como del Norte, se le ocurrió preguntarle que si sabía lo que era eso.

"Ay, *muyer*, contestó el pescadero. ¿Qué sé yo? *Esu yé gallegu . . .*"

Pero una chica que acababa de entrar dijo que su madre era de Vigo y le explicó que las filloas eran unas tortas muy finas hechas con harina, y, creía, con leche y a lo mejor huevos. No le sabía decir bien cómo se hacían pero sí dijo que eran redondas y que se parecían a la masa de las empanadillas. Las filloas, dijo, se servían de postre, rellenas de crema, pero a veces se preparaban como plato salado.

No se habló más. Toñi salió de la pescadería hacia la tienda de ultramarinos donde compró masa de empanadillas que ya traía los discos de masa formados, y subió a casa dispuesta a confeccionar las exquiseces que le había encomendado don Upildo.

La mesa ya estaba lista en el comedor con su mantel, su cubertería, su servilleta limpia y sus vasos de agua y vino. Don Upildo no se hizo esperar cuando Toñi le llamó para comer. Tenía un apetito atroz pero no quiso tratarlo con más de aquellas gotas maravillosas, pues quería disfrutar de la *Nouvelle Cuisine* con la que Toñi sin duda le iba a sorprender mientras perdía peso a punta de pala. Se sentó frente al cubierto remetiéndose el pico de la servilleta entre el cuello y la camisa, esperando con impaciencia la llegada de la primera creación gastronómica internacional de Toñi.

Por fin llegó ella con el 'Pato a la Naranja'. El pato (pavo) venía frito con mucho ajo y servido con unas rodajas de naranja que Toñi había colocado primorosamente a su alrededor. Don Upildo probó un trozo de pat—decimos pavo con un poco de naranja mientras Toñi esperaba ansiosa su veredicto, mirando tímidamente desde la puerta.

"¡Toñi!", bramó.

"Sí, dígame, Don Upildo . . .", dijo, acercándose a la mesa con precaución.

"Vamos a ver: traiga usted el papel de las comidas".

Ella se fue a por él y volvió al momento, desdoblándolo y entregándoselo.

"A ver", rugió don Upildo. "Lea aquí: ¿qué pone?"

"Dice: 'Pato a la Naranja'", leyó Toñi despacio.

"Exacto. Y ahora dígame, ¿qué me ha traído usted?"

"Pues eso mismo . . .", contestó la mujer sin atreverse a decirle que le estaba sirviendo pavo en lugar de pato, pues aunque la había autorizado a cambiar ingredientes, intuía que no era el momento de confesarlo.

"Esto que me ha traído usted es pato 'con' naranja.

"Ay, don Upildo, yo qué sé . . ."

"¿Usted cree que es lo mismo?"

"Pues . . . se me figura que sí . . ."

"Pues no, Toñi. No. 'A la' naranja quiere decir que la naranja está guisada con el pato, mezclada con el pato, amalgamada con el pato, ¿comprende? 'Con' naranja es lo que usted me ha traído, donde el pato va por un sitio y la naranja por el otro como si fuesen una pareja divorciada tratando de llevarse bien para criar a su hijo. Lo que yo le pido es un matrimonio católico, unido, compacto".

"A ver si le entiendo, don Upildo", contestó Toñi poniendo toda su atención. "Lo que quiere usted ahora es casar a un pato con una naranja . . ."

Don Upildo puso los ojos en blanco. "Ande, llévese esto, arréglelo y vuelva a traérmelo bien hecho".

"Veré lo que puedo hacer . . . ¿Quiere que le traiga el segundo mientras tanto?'

"Sí, tráigalo. A ver si tenemos más suerte . . ."

Ella volvió con la 'Ensalada Fría y Caliente', que consistía en trozos de lechuga, tomate y cebolla la mitad de los cuales había metido en el congelador y la otra en el horno. Esta vez no se quedó a ver la reacción de don Upildo porque intuía que no le iba a gustar el plato y además porque tenía la misión de reparar el pavo a la naranja.

Al llegar a la cocina calentó la freidora de nuevo y volcó en ella el contenido del plato, para que al freír la naranja se mezclasen los sabores como había pedido don Upildo. Cuando calculó que aquello estaba bien refrito, lo sacó todo con una espumadera y, chafando bien la naranja con un tenedor, lo revolvió todo para que no se viesen trazas de ella y lo llevó otra vez al comedor.

Se encontró a don Upildo con el periódico abierto sobre la mesa, haciendo el crucigrama. La 'Ensalada Fría y Caliente' estaba a un lado, prácticamente sin tocar.

"¿Es que no le ha gustado, don Upildo?", le preguntó ella sabiendo perfectamente la respuesta.

"¿Cómo me va a gustar si una parte está congelada y la otra completamente churruscada?", contestó él retirando el periódico. "No es que no me guste: es que es incomestible. ¿Qué plato era este según el menú?"

"Pues la 'Ensalada Fría y Caliente', contestó ella.

"Pues no ha acertado usted tampoco con esto".

"Ea, qué disgusto me da, don Upildo. Yo lo he hecho lo mejor que he podido pero es que usted quiere que le guise cada cosa . . ."

"Venga, lléveselo y a ver cómo ha quedado el pato. Traiga para acá", dijo con impaciencia.

Ella le puso el plato delante y se llevó el de la 'Ensalada' cerrando la puerta tras de sí. No pensaba hacer más: si le gustaba como si no, ella había cumplido, y además ya casi había llegado la hora de irse.

El frito de pat—pavo y naranja era un mejunje grasiento que no le gustó nada, pero se lo comió de todas maneras porque no había otra cosa.

El postre según el plan consistía en 'Ensalada de Fruta', cosa que Toñi preparó mezclando pedacitos de plátano, manzana y naranja en una ensaladera.

Entró triunfalmente abriendo la puerta con el pie:

"Esta vez sí que he tenido que acertar, don Upildo. Aquí viene el postre; mire qué rico. Las vinagreras se las traigo aparte para que se la aliñe usted a su gusto . . ."

Toñi estaba terminando de recoger la cocina cuando oyó unos toques en la puerta de servicio. Era Felisa, que ya había terminado y la venía a buscar. Toñi le pidió que la esperase en el vestíbulo, que ya salía. Terminó de pasar la fregona, se cambió, dejó a don Upildo tomando café, y se fue.

En la incidencia de tiendas y comercios de servicio del barrio de don Upildo, las peluquerías eran los establecimientos de mayor densidad, pues además de la Peluquería Saba, que era la más grande y elegante del barrio, había varias más pequeñas que intentaban competir a base de especializarse en determinadas áreas. Por ejemplo, una se anunciaba como *Esthéticienne* y la otra prometía Depilaciones sin Dolor y aún había otra tercera que anunciaba Tratamientos Faciales. Cuando pasaron por la puerta de la Saba, Toñi hizo ademán de entrar, pero Felisa le paró los pies:

"No mujer, ésta no: es la más cara. Además, ésta es adonde va Doña Queta. Tú vente *pacá* . . .". Y tomándola del brazo la arrastró de allí rápidamente.

Siguieron andando calle abajo pasando de largo la de la *Esthéticienne* y las otras, hasta que por fin Felisa hizo ademán de entrar en un pequeño portal oscuro. No se veía por fuera ningún letrero de peluquería. Era una casa antigua y sin ascensor. Subieron hasta el segundo piso por una escalera oscura de peldaños de madera descoloridos y abombados y llamaron a la puerta de una casa aparentemente privada. Toñi le preguntó a su amiga que si estaba segura de adónde iban.

"Que sí, mujer, que sí; ya verás qué bien y qué barato . . .", la tranquilizó su amiga.

Salió a abrirles una mujer con el pelo muy cardado y teñido de un color anaranjado que llevaba puesto un delantal de plástico y unos guantes de goma. Traía un pitillo encendido en la boca.

"Buenas tardes, doña Mamerta. Hoy le traigo a una amiga. ¿Hay mucha gente?"

"Pasen, pasen . . . En un rato les atiendo", contestó ella sin quitarse el pitillo de los labios. Llamó a una chica joven que debía ser su hija, quien les ayudó a quitarse las chaquetas y les pidió que se sentasen a esperar en el recibidor. Doña Mamerta entretanto había desaparecido detrás de un marco de puerta cubierto con una cortina de terciopelo morado descolorido.

"¿Qué se van a hacer hoy?", preguntó la chica con cara de aburrimiento.

"Lavar, cortar y manicura", dijo Felisa prontamente.

"Yo solo lavar y marcar", dijo Toñi, no queriendo arriesgarse a más hasta no saber qué tal lo hacían ni lo que costaba.

La chica desapareció por el mismo marco de puerta encortinado que se había tragado a doña Mamerta, y las dos mujeres eligieron cada una una revista de cotilleo para ilustrarse mientras esperaban. Al rato volvió la chica y preguntó que quién era la primera, y decidieron que fuese Felisa por ser la que iba a tardar más. Más tarde volvió a por Toñi, y entraron en lo que normalmente sería el salón-comedor de la casa, transformado en salón-peluquería de la siguiente manera: conectando con la tubería del cuarto de baño de la habitación contigua, doña Mamerta había habilitado una pileta de lavar de esas que permiten a la persona sentarse apoyando la cabeza hacia atrás mientras otra les lava la cabeza. En otra parte del salón la emprendedora doña Mamerta había montado un espejo de pared sobre un pequeño aparador donde había toda una selección de peines y cepillos y un secador de mano cromado tan grande que parecía talmente un tubo de escape. En otra pared había un secador de pelo de pedestal, cernido sobre una butaca muy desgastada. Sentada en la butaca había una señora mayor que leía ávidamente una revista en cuya portada aparecía la familia real; tenía la cabeza llena de rulos e imbuida dentro del secador, que rugía como un motor industrial. Felisa estaba sentada frente al espejo con el pelo mojado y una toalla sobre los hombros, instruyendo a doña Mamerta sobre el tipo de creación pilífera que esperaba de ella aquella tarde.

La chica le pidió a Toñi que se sentase en el lavador, colocándole también una toalla sobre los hombros y remetiéndosela por el cuello de la camisa. La enjabonó dos veces y le preguntó que si quería crema, lo cual indicaba que subiría el precio, pues la crema nunca era gratis. Toñi dijo que no. La chica le preguntó que si quería agua fría para terminar, a lo que Toñi respondió que sí, pues eso era gratis. Cuando terminó el lavado, la chica le envolvió la cabeza en otra toalla y le pidió que volviese al recibidor a esperar su turno.

Al cabo de bastante rato emergió de entre la cortina la señora bajita, con la cabeza cuajada de rizos rubio ceniza. Cualquier alma caritativa le hubiese aconsejado que no tirase más el dinero, pues aquel tono de tinte que 'quitaba quince años' según doña Mamerta no solo no disimulaba las arrugas que surcaban impenitentemente su cara, sino que les confería una profundidad y textura francamente crueles. Aparte, las décadas de productos químicos y constantes chamuscadas de cabello habían diezmado tanto la población capilar de aquella pobre señora que, vista al trasluz, parecía reproducir el halo de Santo Tomás. Doña Mamerta, además, había fumigado a su clienta con tales cantidades de laca, que en lugar de un pelo recién peinado parecía llevar un casco nazi cristalizado; y lo de nazi no lo decimos en vano, pues doña Mamerta era experta en levantar cada cabello a noventa grados exactos del cráneo y mantenerlo en su sitio a base de rulos y aerosoles durante toda una semana; el tiempo justo para que sus clientas volviesen a experimentar la magia de las manos expertas de doña Mamerta.

La señora, anticipando seguramente lo bien que iba a quedar peinada aquella tarde, se había puesto sus mejores collares y pendientes sin comprender que cuantos más objetos decorativos se colgaba, más contrastaban con el ruinoso estado de su físico. Terminaba el conjunto con un toque de barra de labios de color naranja que resaltaba el tono amarillento de sus dientes desiguales; dientes los cuales, además, exhibían manchas de carmín en varios puntos de los mismos, produciendo un efecto como de cadáver a medio embalsamar.

La señora pagó a la chica sin olvidarse de meterle la propina en el bolsillo. Ésta la ayudó a ponerse la chaqueta y salió por fin por la puerta, triunfante, dejando tras de sí la estela de un formidable nimbo odorífero al aroma de jazmín.

Según salía la señora, la chica invitó a Toñi a que pasase. Era Felisa quien tenía ahora la cabeza metida en el secador, cuajada también de rulos. Sobre cada reposabrazos le habían puesto dos palanganitas de plástico llenas de un líquido jabonoso en las que tenía los dedos sumergidos preparándolos para la inminente sesión de manicura.

Toñi se sentó en la silla frente al espejo a la espera de doña Mamerta, quien efectuó su entrada desde el cortinaje con el inefable pitillo en los labios como si fuese una gran madama de cabaret, lo que probablemente había sido.

"A ver, ¿qué queremos hoy?", le preguntó doña Mamerta con el tipo de voz cavernosa que no se consigue más que a base de mucho tabaco y anís.

"Pues . . . una cosa normal, nada muy exagerado . . .", contestó Toñi.

Doña Mamerta hizo ademán a la chica para que trajera unas revistas con fotos de peinados profesionales y Toñi eligió una media melena cortada a capas que lucía una modelo muy mona. Doña Mamerta le dijo que para eso necesitaba cortarle pero Toñi insistió en no gastarse más dinero del que pensaba y le dijo que no le cortase y que la peinase como quisiese "pero sin exagerar". Doña Mamerta hubiese preferido tener la ocasión de demostrar su estilo de corte a su nueva cliente y de paso cobrar ciertamente más, pero se puso en marcha de todas maneras tratando el cabello con un buen montón de *mousse*, el secador de mano y un cepillo. Doña Mamerta estiraba, retorcía, rizaba y cardaba cada mechón enérgicamente siempre pitillo en boca. Toñi se miraba al espejo y le parecía que le estaba poniendo la cabeza demasiado voluminosa pero no se atrevió a decir nada por miedo a interrumpir el trance por el que sin duda estaba atravesando la peluquera. Pero doña Mamerta no entendía de sutilezas, y cuando juzgó que el peinado había llegado a su cúspide de creatividad, sacó un aerosol grandísimo de laca ultra fuerte, soltó el pitillo en un cenicero (se conoce que para evitar un posible incendio) y le metió una rociada tal que dejó el aire saturado de una nube de partículas en suspensión. Las cuatro mujeres empezaron a toser y doña Mamerta, tosiendo como la que más, abrió la ventana. En cuanto se aclaró el ambiente, arremetió de nuevo con el aerosol, ahora todavía con más intensidad, dejando el pelo de la pobre Toñi cubierto de una especie de rocío adherente igualito que una tela de araña. Ella se fue a tocar el pelo con un dedo, pero doña Mamerta se lo prohibió terminantemente: "Se tiene que secar", ordenó muy seria. Toñi pensó que si lo tocaba lo más seguro es que se le quedase el dedo irremisiblemente pegado al tupé. De ahí que no quisiera doña Mamerta que lo tocase.

Cuando por fin se secó el rociado, la peluquera le retiró la toalla de los hombros pidiéndole que se levantase de la butaca y se volviese de espaldas al espejo y, ofreciéndole uno de mano, la instó a que juzgase el peinado también por la parte de atrás. Aquello parecía una nube de algodón de feria y Toñi se alegró de no haberse sometido al corte que aquella bruja le había querido endilgar.

Entretanto, la chica ya le había terminado de arreglar las manos a Felisa, quien lucía unas uñas afiladísimas de un tono naranja butano con media luna y todo. Felisa siempre había sido muy presumida y nunca fregaba sin ponerse guantes. Toñi volvió a sentarse en el recibidor a esperar a su amiga.

Cuando por fin emergió Felisa de entre el cortinaje, a Toñi casi se le escapa una interjección: llevaba el pelo cardadísimo, con un flequillo encrespado lo más parecido a la cresta de un pavo real. Las patillas habían padecido un severo corte en forma de *uve* e iban peinadas por delante de las orejas, echadas hacia la cara y rizadas en forma de caracolillos a lo Estrellita Castro. El pelo del cogote lo llevaba levantado con el clásico estilo de noventa grados 'a la Mamerta' pero aplastado por el centro, de tal forma que parecía que acababa de levantarse de dormir la siesta tumbada boca arriba. El conjunto hacía el mismo efecto que si hubiese metido los dedos en un enchufe de alta tensión.

Y luego estaba la cara: la habían maquillado con tres tonos de piel más oscuros que la suya, otorgándole una tez aceitunada por no decir francamente verdosa. Los labios iban bordeados con lápiz de color marrón y el centro, pintado de fucsia con un brillo transparente que les confería un acabado enteramente como de cristal de Murano. Llevaba hasta un lunar postizo bajo la nariz "igualito que el de Madonna", según orgullosamente sentenció doña Mamerta. Mentalmente, Toñi le agradeció la explicación pues ella, en su ignorancia sobre tendencias estilísticas, lo había tomado por una simple secreción nasal.

El maquillaje de los ojos tampoco era manco: llevaba las cejas primorosamente realzadas con lápiz negro que contrastaba con el tono claro del tinte del pelo. Los párpados iban sombreados de un marrón tan oscuro que solamente se sabía dónde terminaba la sombra y dónde empezaban los iris gracias al blanco de los ojos.

Pero Felisa iba encantada. Pagó alegremente la cuenta dejando también una buena propina a la chica "por el favor del maquillaje", según dijo, y Toñi se alegró de que no le hubiesen cobrado por aquello, cosa que por lo menos a ella le pareció simple cuestión de justicia.

Al salir a la calle, Felisa sugirió que fuesen a merendar a la cafetería Nebliska de la Gran Vía. Fueron dando un paseo. Cuando llegaron, tuvieron suerte de encontrar una mesa en la terraza donde poder contemplar el animado tráfico mientras disfrutaban del mejor monóxido de carbono de todo Madrid.

Toñi pidió tortitas con nata y una Pepi-Cola y Felisa, un sándwich mixto y un Trinkaranjus.

"Esto sí que no lo hay en el pueblo", comentó Toñi con la boca llena de tortita.

"Vaya que sí", respondió Felisa atacándole también a su sándwich.

Comieron un rato en silencio. Cuando terminaron, Felisa sacó un paquete de Marlvados del bolso y encendió un cigarrillo.

"Pero, ¿es que fumas?", preguntó Toñi, sorprendida.

"Anda, claro. Ya fumaba en el pueblo . . ."

"Huy chica, no sabía . . ."

"Como que me escondía, tonta".

Toñi miró a su amiga dándose cuenta por primera vez de lo poco que la conocía.

Las dos mujeres concentraron su atención en la actividad de la calle durante un rato. Como cada fin de semana a la hora del cine, el atasco era inenarrable: los tres carriles en cada dirección de la Gran Vía estaban virtualmente paralizados; con el ruido de motores en ralentí como fondo, se escuchaban infinidad de tonos de claxon. Había un vocerío horroroso de decenas de conductores iracundos mientras los policías de tráfico emitían pitidos intermitentes que no servían más que para agregar más decibelios. Los conductores más inquietos sacaban la cabeza por la ventanilla o salían de sus coches para averiguar la causa del atasco. Unos fumaban flemáticamente desde sus asientos mientras que otros, los más emprendedores, aprovechaban el tiempo empleando sus dígitos para extraer y examinar detenidamente el contenido de sus orificios nasales, llegando algunos a reciclarlo. Era la hora de la estampida. Las bocas de metro arrojaban bocanadas de gente, todo tipo de gente: grupos de jovencitas que iban al cine o a tomarse una exótica hamburguesa; parejas de enamorados abrazadas, matrimonios mayores en busca de su café y *croissant* vespertino, y hasta alguna que otra persona en una silla de ruedas luchando contra los elementos para no perecer en aquel maremágnum. Cruzando la calle pasó un grupo de forofos del Atlético que celebraban la victoria de su equipo vociferando, dando botes, empujándose, borrachos como cubas. La cola del cine Excapitol era tan larga que casi daba la vuelta por la otra calle. Todos querían olvidarse de sus nimios trabajos y pasar la tarde haciendo lo que fuese, cualquier cosa, menos permanecer en sus diminutos cubículos haciendo lo mismo que hacían de lunes a viernes. ¿Cuántos atardeceres habían contemplado últimamente aquellas personas?¿Cuántos firmamentos estrellados?¿Cuántas flores habían visto crecer?¿Desde cuándo no habían disfrutado de la profunda serenidad que el viento nos regala mientras juega caprichosamente con nuestro pelo? Todos querían entretenerse, divertirse, comprarse algo nuevo que les proporcionase una sensación de satisfacción por muy falsa y efímera que fuese; parecerse a los hermosos actores, millonarios y personajes de farándula que les servía de ejemplo la televisión día a día, mes a mes, año a año.

"¿Qué es lo que más te gusta de vivir en Madrid?", preguntó Toñi de repente.

"¿A mí?", contestó Felisa. Lo pensó un rato y dijo: "No tener que ir a Misa".

"Pero, ¿cómo?, ¿es que no vas a Misa?", preguntó Toñi, incrédula.

"Pues claro que no".

"Vas a ir al infierno, Felisa", dijo Toñi con gravedad.

"Pues chica, ya me las arreglaré allí como me las estoy arreglando aquí. Seguro que habrá algún rincón con menos llamas, donde te claven el tridente solo de vez en cuando y el aceite hirviendo esté algo más templado. Hace más de un año que no piso una iglesia y no pienso volver. En el pueblo iba porque, ¡ay de quien no vaya!, pero aquí no me conoce nadie y puedo hacer lo que quiera . . ."

"Ser ateo es un pecado grandísimo", la reprendió Toñi, persignándose.

"Si no soy atea. Al contrario, yo me comunico con Dios estupendamente sin que medie la religión. Lo que hace la Iglesia es como vender aire".

"¿Ah, sí? Y, ¿dónde lo venden?, ¿en la Sacristía?", preguntó Toñi con gran interés.

Felisa suspiró. "Anda, pídete otra Pepi-Cola", dijo, empezando a buscar al camarero con la vista.

Mientras venía, Felisa preguntó bruscamente:

"¿Y a ti?, ¿qué es lo que más te gusta de Madrid?"

"Poca cosa", dijo Toñi después de pensar también un rato. "Las tortitas, supongo. El cine. El Corte Irlandés. Yo estoy aquí por Jorge, que si no . . ."

"No me digas que volverías al pueblo . . ."

"¿Qué quieres que te diga? A mí todo este barullo de gente me parece una locura".

"Pues más te vale que te vaya bien con Jorge, que si no . . ."

"¿Y tú?", preguntó Toñi.

"Ay, el hijo de doña Queta me trae a mal querer . . .", contestó Felisa con gesto ensoñador.

"Pero, ¿te ha dicho algo?"

"No; ni me va a decir. Pero, ay cómo me gusta . . ."

"Y doña Queta, ¿cómo es?"

"Gruñonísima. Nada le parece bien. Me llama constantemente, me hace hacer las cosas veinte veces, pero paga bastante bien y siempre será menos trabajo que una casa más grande o con niños. Y luego está Jaime . . ."

Toñi maniobró para cambiar rápidamente de tema, pues no quería que su amiga se pusiese de nuevo a evaluar el amor imposible que le profesaba al hijo de su jefa.

"Don Upildo tiene sus rarezas pero el trabajo es bueno: no se cambia la muda más que una vez a la semana. Y come más o menos lo que le pongo, aunque últimamente se ha vuelto un poco raro. Yo creo", dijo, acercando la cara al oído de Felisa para añadir misterio al asunto, "que se trae 'algo' con los zapatos . . ."

"¿Qué me cuentas?", respondió Felisa intrigadísima.

"Lo que te digo. Hoy ha venido otra vez de la calle con un zapato sí y otro no".

"¿Otra vez dices?"

"Como lo oyes. El lunes lo mismo".

"¡Anda mi madre!", contestó Felisa. "Pues vas a tener razón porque el otro día me comentó doña Queta que lo vio andando por la calle con un zapato en la mano. Y también me encontré al chico Da Pena con uno de sus zapatos diciendo que se lo había encontrado en el vestíbulo. Menuda peste dejó en el ascensor . . ."

"No solo eso", dijo Toñi bajando la voz todavía más, "llevaba la ropa empapada y un roto grandísimo en el pantalón por donde se le veían todos los calzoncillos. Y estaba gruñendo a la puerta."

"¿Gruñendo a la puerta?"

"Sí. 'Grrrr . . . grrrr . . .'"

"Puñeta, Toñi. Me estás asustando", dijo Felisa muy seria.

Ahora la que estaba empezando a disfrutar impresionando a su amiga era ella. Se le acercó todavía más al oído para decir:

"Lo peor es la serpiente".

"¿Qué serpiente?"

"Una que tiene guardada en un cajón de cristal. Grande, muy grande . . ."

"Pero, ¿qué me cuentas? Y, ¿es venenosa?"

"Don Upildo dice que no pero vete a saber . . . Y además ahora creo que tiene una tarántula nueva", añadió cuando vio que su amiga se relajaba un poco.

"Toñi, esto lo tienes que denunciar a la Seguridad Social para que te paguen extra por trabajo peligroso y tóxico. ¿Y si te pica uno de esos bichos?"

"Prefiero que me pique una víbora a lavar y planchar todo el santo día en una casa llena de mocosos por el mismo sueldo", sentenció.

Felisa iba a decir algo pero comprendió que Toñi no iba a cambiar de opinión, y además, qué narices: tenía razón.

Vino el camarero y Toñi pidió la Pepi-Cola y Felisa, una tónica Juezz con ginebra. Terminaron la tarde madrileña siguiendo la tradición de comprarse sendos trastos inútiles en El Corte Irlandés y al final se fue cada una a su casa como Dios manda.

Don Upildo no había salido en toda la tarde. La había pasado oteando de nuevo la casa de Marta con los prismáticos, pesándose, leyendo la prensa, rellenando crucigramas, perdiendo el tiempo con la televisión y fumando en el balcón mientras contemplaba la larga cola de coches que reptaba lánguidamente a sus pies en su escapada semanal hacia la sierra madrileña. "Mañana será otro día", se dijo, apagando el último pitillo. Se puso el pijama y las zapatillas y después de lavarse los pocos dientes que le quedaban, sumergir la dentadura en loción desinfectante, tomarse las pastillas, aplicarse los potingues y colocado la redecilla del pelo, se acostó.

En el silencio y la oscuridad de su habitación se preguntó por el sentido de su vida y la única respuesta fue una: Marta. Y, por supuesto, Cule. Y, bueno, su nieto Carlitos.

Pero esto era ya otra historia.

SÁBADO

DON UPILDO estaba despierto pero aún en la cama cuando sonó el timbre de la puerta. Esto sí que era raro, pues a estas horas no solía venir nadie. Se puso el batín y las zapatillas deprisa y corriendo y salió a abrir. Era el cartero, que traía un sobre certificado para el señor Ruebañoz. Don Upildo firmó el acuse de recibo y se apresuró a abrirlo en el mismo recibidor. Le escribía la directora del Centro para comunicarle que el Ejecutivo había decidido no proseguir con el plan que don Upildo había contratado, y le adjuntaba un cheque por el importe íntegro del programa. También venía una dirección del departamento legal de la compañía en Barcelona pidiéndole que dirigiera allí cualquier pregunta o queja que pudiese tener. Don Upildo suspiró. Tal vez era cierto que no estaba hecho para la dinámica del Centro. Entre eso y el revés que había tenido con Marta el otro día, sintió de repente una sensación de profundo desánimo. En realidad, era demasiado viejo para andar por el mundo dando botes sobre una cinta transportadora o saltando al potro o trepando por una cuerda como si fuese un chiquillo. Además, no había perdido ni un gramo en toda la semana, y mira que había seguido el régimen tal y como se lo habían prescrito en la tabla de menús . . .

Y luego estaba Marta . . . Quizá era demasiado joven y guapa para fijarse en él, por mucha gimnasia y dieta que hiciese.

Cabizbajo, se fue despacio hacia el cuarto de estar y abrió el terrario de Cule para acariciarle la cabeza. El animal pareció comprender su estado de ánimo, y le correspondió lamiéndole tiernamente un dedo. Aquel gesto de cariño le alegró un poco el espíritu. Comprobó que el animal tenía agua suficiente y dejó la tapa entreabierta para que respirase mejor y, como era sábado, se dispuso a ducharse y cambiarse de ropa. Estaba a punto de entrar al baño cuando llamó su hija para recordarle que iba a venir a dejar a Carlitos. Carlitos era su único nieto. Tenía seis años. Don Upildo lo adoraba y al pequeño le encantaba pasar tiempo con su abuelo, al que por alguna razón desconocida llamaba 'Paye'.

"Como habíamos quedado, ahora te lo traigo y lo vuelvo a buscar a media tarde, ¿eh, Papá?"

Así quedaron y don Upildo colgó el teléfono, ya un poco más animado. Preparó la muda limpia para cambiarse y se dispuso a bañarse. Se enjabonó y se afeitó a conciencia y se puso la ropa con una corbata especialmente alegre para pasar el día con su querido nieto. Habría que pensar en qué hacer para entretenerlo.

Al rato llegó el niño con su madre y lo primero que hizo ella fue darse una vuelta por toda la casa para comprobar su limpieza y buscar evidencia de alguna actividad que el médico tuviese prohibido a su padre. Don Upildo se agachó a abrazar a Carlitos, quien agarró de la mano a su abuelo preguntándole enseguida por Cule.

"¡Vamos a verla!", exclamó, tirando de su abuelo hacia el cuarto de estar. Mientras Carlitos la sacaba del terrario, su madre volvió de su inspección visual del piso.

"¿Qué tal te atiende Toñi? La casa está bastante limpia, Papá. Pero huele mucho a tabaco, ¿eh? . . . Ay esta serpiente . . . Cuándo te vas a deshacer de ella . . . ?" "Por cierto", dijo, como si de repente se le hubiese ocurrido, "¿qué me dice Toñi, que has comprado una tarántula?"

"¡Una tarántula!", exclamó Carlitos de nuevo. "¡Lo que dirán en el cole . . . !", añadió, encantado.

Don Upildo sonrió para sus adentros al ver lo mucho que había dado de sí la revista del otro día, pero se apresuró a desmentir la historia, ya que había conseguido su objetivo de aterrorizar a su asistenta, que era de lo que se trataba.

"Me alegro de que no sea verdad, Papá. Y por Dios, no traigas más animales a la casa. ¿Sabes el trabajo que me costaría conseguir otra mujer de la limpieza? Y además es que tiene razón la chica: tienes la casa invadida de bichos venenosos".

"Y dale. Cule no es venenosa. Además, ¿qué quieres que haga con ella? No la voy a tirar . . ."

"Pues no sería ninguna tontería . . .", contestó ella, pasando un dedo distraídamente por la estantería para comprobar si había polvo.

"De ninguna manera", declaró don Upildo.

"Y, ¿no le puedes dar de comer otra cosa que no sean roedores? Toñi dice que tienes montadas ratoneras por toda la casa. Es un asco, Papá. Además si algún día se pilla la mujer un dedo, tú imagínate . . ."

"Las serpientes pitón no comen más que animales pequeños y normalmente vivos", sentenció don Upildo. "Bastante hago con dárselos muertos . . ."

"Paye, dale de comer. ¿Hay ratones?", preguntó Carlitos.

"Ya ha comido, hijo. No se le puede dar demasiado porque se empacharía".

"Por Dios, Papá, todo esto es francamente repugnante", terció la hija. Y añadió, suspirando: "Bueno, esperemos que no nos deje la chica, porque ya sabes que yo no puedo venir a atenderte, ¿eh? Intenta que no se nos vaya, por favor", le dijo, dándole un beso.

Entretanto, Carlitos había sacado a la serpiente de su jaula y se la había colgado del cuello.

"Mami, la foto . . ."

"Ay, sí", dijo ella, dirigiéndose a don Upildo. "Carlitos quería pedirte un favor, ¿verdad, cariño? Nada, que los chicos de su clase no se creen que tengas una serpiente y el niño quiere que le hagamos una foto con ella . . ."

"Ah, pues muy bien: trae la cámara". "Que nadie te deje por mentiroso, hijo", añadió.

Después de hacerle varias fotos con Cule alrededor del cuello, besándole la nariz, haciendo como si le pisaba la cabeza y otras poses más que demostraban la valentía del pequeño frente al feroz ofidio, la mamá de Carlitos se fue prometiendo pasar a recogerlo a media tarde, y allá quedaron abuelo y nieto en amor y compañía.

Don Upildo le preguntó a Carlitos que qué quería hacer y el niño, después de pensar un rato, dijo que quería dar un paseo en coche.

"Mejor que eso: primero vamos un momento a la calle a unos recados y luego iremos en coche a comer al Pardo. ¿Qué te parece?"

Carlitos se mostró encantado, y al rato se encontraron los dos en la calle, camino de la ferretería. Mientras el ferretero atendía a don Upildo, el niño inspeccionó las colecciones de navajas y cuchillos, pomos de cajón, manivelas de puerta, tipos de llave, linternas y demás interesantísimos objetos que se veían a través del mostrador de cristal. De allí fueron al banco, que era una sucursal pequeña que estaba a la vuelta de la esquina. De las dos ventanillas aparentemente abiertas al público, una estaba vacía y la otra la ocupaba una empleada que estaba hablando por teléfono. El primero en la fila era un señor que parecía ser de Centroamérica y luego iban don Upildo y Carlitos. La señorita siguió hablando por teléfono quedamente durante varios minutos mientras que tanto el señor como don

Upildo esperaban educadamente a que terminase. Al rato el hombre se fue y solo quedaron en la cola abuelo y nieto. El niño ya estaba empezando a dar muestras de impaciencia. Como la señorita seguía al teléfono y además había empezado a limarse las uñas, decidió acercarse para ver si veía a otra cajera que les atendiese. No se veía a nadie. Se arrimó a la ventanilla para indicarle a la cajera que tenía clientes, pero ella le miró desinteresadamente continuando su conversación, que por cierto versaba sobre el regalo que le pensaba comprar a una hermana suya que se casaba. Don Upildo regresó a su sitio para seguir esperando. Pasaron varios minutos más y Carlitos estaba ya diciendo que quería dibujar con los bolígrafos del mostrador y don Upildo, ya verdaderamente irritado, se volvió a acercar a la ventanilla a decirle a la señora que a ver cuándo les atendía. Ella quiso seguir erre que erre pero él levantó la voz diciéndole que de una vez le diese su dinero. Ella puso cara de ofendida y tapó el auricular para decirle malhumoradamente que estaba en su descanso y que volviese en diez minutos. Volvió tranquilamente a su disquisición telefónica sobre la conveniencia de la cubertería de alpaca comparada con la batería de cocina.

"¿Cómo que en diez minutos?", rugió don Upildo. "Llevamos aquí ya quince. Y, ¿no tienen ustedes ni un cartel para comunicar a sus clientes que no están ustedes abiertos al público? Haga el favor de atenderme." Ella, por supuesto, hizo caso omiso limitándose a girar la cabeza para consultar el reloj de pared. Ahora iba por las mantelerías. Don Upildo estaba que echaba humo por las orejas y Carlitos se había puesto a lloriquear diciendo que tenía hambre. La empleada terminó por fin su importante conversación y le hizo además a don Upildo para que se acercase.

"Vamos a ver, ¿no tienen ustedes un cartel para poner en la ventanilla y evitar así que sus clientes perdamos el tiempo?", repitió enfurecido. Ella respondió que si tenía quejas que volviese a partir de las dos menos cuarto para hablar con el gerente. Le dio su dinero y cuando terminó se puso a sellar papeles con un tampón muy ampuloso, dando así por terminada la amable transacción. Al salir del banco don Upildo constató que la sucursal cerraba a la una y media.

Como el niño seguía diciendo que tenía hambre, fueron a la panadería donde don Upildo le compró a su nietecillo el bollo relleno de crema más grande que había.

"A tu madre no le digas nada, ¿eh?", y Carlitos negó con la cabeza mientras le hincaba el diente al bollo; terminó con la cara y el jersey tan pringados de crema que tuvieron que volver a la panadería a pedir una servilleta.

Volvieron a casa a dejar las cosas que había comprado y salieron de nuevo, esta vez hacia el garaje donde don Upildo guardaba su 'FEAT Mil Quinientos'. Aquel coche era la niña de sus ojos. Lo limpiaba por dentro y por fuera, lo abrillantaba semanalmente, lo surtía con la mejor gasolina, le cambiaba el aceite incluso sin hacerle falta; le ponía toda clase de accesorios, aparatillos y chismes que compraba en el Rastro o donde los encontraba. A veces hasta se sentaba en el coche a fumar mientras escuchaba algún cassette de Roberto Carlos imaginándose los lugares a los que llevaría a su Marta una vez que empezase el romance.

El garaje estaba unas cuantas calles más abajo de la casa, distancia que recorrieron los dos de la mano. Iban encantados.

El Mil Quinientos era de color negro con asientos de felpa gris y un espejo retrovisor panorámico que le había puesto don Upildo que proporcionaba una visión posterior de casi ciento ochenta grados.

Don Upildo puso el motor en marcha ceremoniosamente y lo dejó en ralentí unos minutos antes de salir. ¡Ah, qué delicioso sonido de motor y exquisito aroma a tubo de escape! Ajustó el cinturón de seguridad de Carlitos y encendió la radio mientras se calentaba el coche, pero no sintonizaba. Comprendiendo que su abuelo quería escuchar música, Carlitos se puso a cantar 'La Cucaracha' hasta que don Upildo le dijo que ya había cantado bastante. Por fin salieron del garaje tomando el Paseo de la Florida, pasando por sitios tan típicamente madrileños como la ermita de San Antonio. Siguieron atravesando el Puente de Los Franceses en dirección Norte hacia la Carretera del Pardo. Hacía un día precioso. Don Upildo abrió su ventanilla y Carlitos, aunque le costaba girar la manivela con aquellas manitas tan pequeñas, se apresuró a abrir también la suya. Iba ahora entonando a pleno pulmón el 'Asturias Patria Querida' tan malamente que don Upildo le iba a pedir que se callase, pero el niño estaba poniendo tanto entusiasmo que no tuvo corazón y terminó por unírsele. Abuelo y nieto iban ahora machacando el himno asturiano por doble partida, pues si Carlitos no tenía el menor oído musical, peor era el de don Upildo. Dio la casualidad de que el tráfico los obligó a parar en la puerta de Casa Pingo, centro Asturiano por excelencia, donde había un montón de gente sentada en la terraza disfrutando de la sidra y de los estupendos pollos asados que daban allí. Por tal motivo, el castigo al que estaban sometiendo don Upildo y su nieto a su himno no pasó desapercibido: un hombre les tiró un mendrugo de pan; un grupo de chicas les lanzaron mondas de naranja y otro señor se levantó a exclamar: "¡¡Un poco de respeto, háganme el favor!!" Pero Don Upildo y Carlitos estaban convencidos de que lo estaban haciendo tan bien que interpretaron aquellos gestos como si fuesen alabanzas, y se apresuraron a devolver los piropos saludando con la mano pues qué menos que agradecer a su público aquellas muestras de cariño tan merecidas.

El tráfico por fin se puso en marcha y el Mil Quinientos avanzó con él, para alivio de la concurrencia.

Pararon los primeros en un semáforo y don Upildo aprovechó el momento para intentar sintonizar Radio Madrid, y ya casi la tenía cuando se escucharon dos o tres bocinazos que venían de un taxi que había detrás de ellos; no habían pasado ni tres segundos desde que el semáforo había cambiado a verde. Don Upildo hizo un gesto con la mano pidiendo paciencia y siguió girando el botón de la radio, cuando se volvieron a escuchar más bocinazos de tono mucho más fuerte y agresivo. Él siguió a lo suyo y varios coches más atrás se pusieron también a pitar; además, el taxista había empezado a lanzar insultos por la ventana pidiendo paso. Don Upildo se empezó a impacientar también porque no conseguía sintonizar la estación que quería.

"Paye, hay un taxista que se está enfadando", dijo Carlitos, mirando hacia atrás.

"Ya lo sé, hijo. Que se espere", murmuró don Upildo. Por fin se escuchó una hermosa copla de la famosa tonadillera Isabel La Coja.

Ya contento con la música, arrancó justo cuando el taxista estaba saliendo del taxi con cara de pocos amigos. Don Upildo siguió adelante pero al cabo de un momento apareció el taxi detrás de ellos y empezó a pitarles y a arrimarles el coche agresivamente por detrás como para chocarles. Don Upildo, siguiendo las normas de su 'Código del Superconductor', pisó el freno ligeramente tres veces, lo que quería decir: "si te acercas, freno en seco y pagas la factura". El taxista, aunque no conocía el Código, pareció entender, y cambió de táctica intentando adelantarles por la izquierda; pero don Upildo se pasó a aquel carril y le bloqueó el paso. El taxi se pasó de nuevo al carril de la derecha y don Upildo también cruzó al mismo carril, colocándose delante de él de nuevo. De vez en cuando tocaba el freno con el pie y el taxista se alejaba un poco para calcular su siguiente movimiento. Carlitos se lo estaba pasando en grande.

"¡Dale caña, Paye, no le dejes que nos adelante!"

Don Upildo llevaba la dentadura medio colgando de los nervios que estaba pasando, pero no quería decepcionar a su nietecillo y además, estaba poniendo en práctica las normas del Superconductor, lo que siempre le llenaba de satisfacción. Cuando el taxista quiso adelantarle otra vez, don Upildo puso el intermitente izquierdo y el taxista no se atrevió a pasar; además, para apoyar la maniobra, tiró de una de las muchas palancas que había en el salpicadero que desencadenó el sonido de una sirena como de policía o de ambulancia (no se sabía cuál, porque era de fabricación extranjera). El taxista aminoró la velocidad prudentemente y terminó por quedarse rezagado mientras Carlitos profería verdaderos aullidos de alegría.

Al fin llegaron al Pardo y pararon junto al río. Don Upildo aún estaba tenso pero no quería que su pequeño lo notase.

"Hala, Carlitos, a comer. ¿Qué quieres hoy?", preguntó, ayudándole a salir del coche.

El niño siempre quería lo mismo: patatas fritas; patatas fritas con huevo frito o tortilla de patatas.

"Huevos fritos con patatas".

"Vaya, no sé si quedarán", bromeó don Upildo. Carlitos empezó a hacer pucheros pero su abuelo lo tranquilizó diciéndole:

"Eso lo tienen en todos los sitios, hijo . . .", dándole unas palmaditas en el hombro.

Entraron al restaurante del que don Upildo era cliente de toda la vida. Todas las mesas estaban ocupadas y había un montón de gente esperando en la barra. El bullicio era ensordecedor. La gente tomaba cerveza, refrescos, vermú o vino y alguna que otra tapa mientras esperaban su turno para comer. Charlaban de sus cosas con la voz alegre y distendida de quien anticipa disfrutar de una comida deliciosa rodeado de amigos y familiares.

La dueña del restaurante era la viuda de su fundador, y había asumido el cargo del negocio a su muerte. Don Upildo, que los conocía a los dos, mantenía la amistad respetuosa de aquellas personas que se relacionan con otras por medio de algún ser desaparecido, y tanto don Upildo como la dueña apreciaban el hecho de que era el espíritu del marido lo que aún los conectaba.

Nada más ver a don Upildo y a su nieto, ella se les acercó para pedirles que esperasen unos minutos. Era evidente que de alguna manera se las iba a arreglar para sentarles a comer antes que a extraños. A los pocos minutos vino un camarero a buscarlos para conducirlos a una mesa pequeña cerca de la ventana que tenía una vista estupenda a la plaza del pueblo.

Don Upildo dudó sobre si seguir o no la dieta propuesta por el Centro de Belleza Apolo pero pensó que no estaría bien aprovecharse de la información que le habían dado no siendo ya su cliente, y terminó pidiendo una sopa castellana y un cochinillo asado. Carlitos pidió los consabidos huevos con patatas.

Comieron, o mejor dicho, comió don Upildo mientras que Carlitos se limitó a roer unas pocas patatas mojadas en la yema de los huevos. Pero cuando vino el camarero con la carta de los postres, se mostró muy interesado y don Upildo, por no darle el postre 'gratis' después de no haber comido prácticamente nada, le pidió que los leyera si es que quería alguno.

"JA-LA-DOS-VA-RI-DOS", leyó muy despacio poniendo cara de extrañeza.

"HE-la-dos-va-RIA-dos", corrigió don Upildo.

"Va-ria-dos, ¡Helados variados!", exclamó, y volvió a concentrarse en la lectura:

"TOR-TA-DE-SAL-MAN-DRAS. ¿Salamandras?"

"Lee bien, hijo. ¿Cómo va a ser torta de 'salamandras'?"

El niño corrigió y continuó. "FLA-CO-NA-TA. ¡Flan con nata!; LE-KE-FRI-TA . . . ¿Qué es eso, Paye?"

"¿La ce con la hache..?"

"Heke".

"Piensa, Carlitos, piensa. Otra vez: ¿la ce con la hache . . . ?"

"¡Heke!"

"Che".

"Ah . . . ¡Leche Frita!", exclamó Carlitos después de consultar de nuevo el menú.

El crío cuando quería leía muy bien, pensó don Upildo y anotó mentalmente comentárselo a su hija. Al final, como el niño no podía decidirse entre tanta variedad, pidieron el llamado 'Postre de la Casa'. El Postre de la Casa consistía en medio melocotón en almíbar guarnecido de nata montada y rodeado de muestras de los demás postres que ofrecía el menú. Era un plato inmenso, pero Carlitos se aplicó a hincar la cuchara, sorber y chupar todo aquello hasta que dejó el plato limpio.

Cuando salieron del restaurante Carlitos quiso ir a ver el río Manzanares y se fueron caminando hacia la ribera. Don Upildo llevaba al pequeño fuertemente sujeto de la mano mientras que él tiraba de su abuelo con impaciencia; no quería soltar a su nieto de ninguna manera, pero como el crío insistió en tirar piedras al agua, don Upildo se avino a ir al centro del puente, que tenía una buena valla. Después de llenarse los bolsillos de piedras, Carlitos se impuso la tarea de tirarlas por encima de la valla. Cuando se aburrió, retó a su abuelo para ver quién alcanzaba más lejos. Don Upildo ponía cara de esforzarse mucho pero las tiraba cerquita, y cuanto más ganaba Carlitos, que era casi todas las veces, más contento se ponía.

Iban volviendo hacia el coche cuando pasaron por una tienda de revistas y chucherías y, cómo no, Carlitos quiso entrar; salieron al rato con una bolsa llena de chicle, gominolas, regaliz, palo dulce, pipas, cromos, una especie de pequeño monstruito de plástico, dos dragones de caramelo, varios TBOs y un Bolloincao "para merendar" según aclaró Carlitos intuyendo que se estaba pasando en el área de las chucherías.

"Pero, hijo, si te acabas de comer un cerro de azúcar . . .", comentó don Upildo.

"Si, pero ya estamos en la merienda, Paye. Es otra cosa, ¿comprendes?"

Se subieron al coche para regresar de nuevo hacia Madrid, pues era ya casi la hora de volver. El viaje iba transcurriendo sin contratiempos hasta que vieron a un gitano al lado derecho de la carretera que llevaba atado a un burro cargado de bultos.

"Paye, ¡mira qué pena, qué cargado va el pobre burro . . . !", y le pidió que parase a verlo.

Al no parar don Upildo, el niño se quiso quitar el cinturón para poderse dar la vuelta y seguir mirando al burro que se alejaba en la lontananza. Don Upildo le dijo que no hiciese tonterías, que no podía parar y hemos terminado, y Carlitos se puso a llorar:

"Paye, vamos a volver y le compras el burro al hombre", decía entre sollozos.

"¿Y qué hacemos con él, hijo?"

"Tiramos los bultos y lo llevamos a un campo muy, muy lejos de aquí y allí lo soltamos donde ese hombre malo no lo pueda encontrar . . .", dijo entre lágrimas.

Don Upildo siguió conduciendo y optó por no decir nada para ver si se le pasaba pero el llanto no hacía más que subir de tono y Carlitos estaba llegando a un punto inconsolable diciendo entre sollozos que qué malo era el Paye y que pobre burrito y que había visto al hombre pegarle al pobrecito burro con un palo muy grande y que el burrito no podía con tanta carga y que "por favor, Paye, cómpraselo, cómpraselo . . ." Tanto lloraba que don Upildo terminó por parar en una gasolinera.

"Vamos a ver, Carlitos", dijo don Upildo cuando paró el motor, intentando razonar con el crío: "El burro no lo podemos comprar. Lo primero porque no tenemos dinero y además no sabemos si el dueño nos lo vendería. Y, luego, ¿adónde y cómo nos lo llevaríamos?¿Entiendes?"

Carlitos dejó de llorar durante unos instantes para intentar buscar soluciones, y al rato contestó, entre hipidos:

"Andando; lo atamos al coche. O mejor, yo lo llevo; yo me monto en el burro y nos lo llevamos a un prado. Venga, Paye, vamos a dar la vuelta; seguro que todavía están en el mismo sitio . . ."

Don Upildo volvió a negarse y Carlitos entonces emprendió un llanto todavía más lastimero que pronto aumentó a la categoría de berrinche. Habiéndolo intentado ya todo, a don Upildo no se le ocurrió otra cosa que poner la radio y esperar a que su nieto se calmase.

De otro coche que había allí al lado surtiendo gasolina salió una mujer que llevaba puestos unos vaqueros y una chaqueta de pana.

"Oiga usted, ¿qué le está haciendo al niño?", preguntó con voz autoritaria, indicándole a don Upildo que apagase la radio.

Don Upildo bajó el volumen.

"¿Y a usted qué narices le importa?"

"Pues me importa bastante porque soy agente de la Sociedad Protectora de Menores".

Carlitos, que había sofocado un poco el llanto al ver a la señora, redobló la llantina intuyendo que de alguna manera aquella mujer iba a poder ayudarles a él y a 'su' burro.

"¿Tiene usted credenciales?"

Ella sacó un carnet de la chaqueta, advirtiéndole que cualquier cosa que dijese podría ser utilizada en su contra. Dio la vuelta al coche, abrió la portezuela de Carlitos y se puso en cuclillas a preguntarle que "quién es este señor y qué te está haciendo". Carlitos le contestó que era su Paye y que era muy malo y se puso a llorar de nuevo.

Ella dirigió a don Upildo una mirada de soslayo.

"¿'Paye'?"

"Carlitos, hijo, dile quién soy a esta señora tan simpática, anda . . .", dijo don Upildo empezando a ponerse nervioso. "Soy su abuelo", aclaró.

"Pero, ¿no acaba usted de llamarlo 'hijo'"?

"Bueno, he dicho 'hijo' pero es mi nieto . . ."

"Ya veo . . .", murmuró la inspectora con expresión circunspecta.

"Es mi Paye y es muy malo", repitió Carlitos, intuyendo que aquella frase contenía algún elemento mágico que ponía a aquella señora desconocida contra su abuelo.

Ella volvió a agacharse delante de Carlitos:

"A ver, ¿por qué lloras, guapo?"

El niño ya estaba seguro de que aquella señora simpatizaba definitivamente con su causa y se puso a llorar y a gemir de nuevo repitiendo que su Paye era muy malo y murmurando no sé qué sobre un burro y otro hombre muy malo que le pegaba con un palo y unos bultos que pesaban mucho.

La señora iba decir algo cuanto pasó el hombre del burro por delante de la gasolinera y Carlitos que lo vio se puso a llamarlo a gritos y a querer desabrocharse el cinturón para ir a reunirse con su acémila querida. La señora le ayudó a quitárselo y lo cogió de la mano.

"Vamos a averiguar lo que está pasando aquí", dijo, yendo hacia el hombre.

Don Upildo empezó a dar explicaciones pero la inspectora le ordenó que se callase "para que hablen los hechos".

Al llegar los tres donde el mulero, Carlitos se puso a acariciarle la cara al burro y a abrazarlo llamándolo 'su' burro bonito.

"¿Cómo que tu burro? *E'te* burro *eh* mío", se defendió el hombre.

"El niño dice que el animal es suyo. ¿Tiene usted documentación que acredite que es usted el dueño?", preguntó la inspectora.

"¿Qué *eh e'to?*, ¿*er* FBI?"

Un *Land Grover* de la Guardia Civil acertó a entrar en la gasolinera y la inspectora se apresuró a llamar a los agentes con un gesto de la mano. Dos policías, uno con bigote y el otro lampiño, se acercaron.

"Agente Valderrama, del Departamento de Protección de Menores", se identificó ella mostrando su carnet. "Este señor (por don Upildo) estaba con este niño en un coche y me pareció que había algo sospechoso. Dice ser su abuelo pero el niño lo niega y además el pequeño dice que este animal les pertenece".

El oficial del bigote miró detenidamente a todos los asistentes y le pidió el carnet de identidad a don Upildo, el nombre de Carlitos y los datos de su madre; al hombre del burro también le pidió el carnet y la documentación del jumento, a lo que respondió diciendo que no los llevaba encima. El policía sin bigote se llevó el carnet de don Upildo al *Land Grover* a recabar información por radio. El de los bigotes, como pertenecía al área de Robos, se interesó inmediatamente por la carga del burro.

"¿Qué hay aquí debajo?", preguntó, señalando a la carga informe que iba tapada con una manta.

"¿Encima de *ete* burro, *zeñó* guardia?, ¿*ete*? dijo el hombre pensando a toda velocidad qué mentira inventarse. "¿Debajo de *eta* manta, mi sargento?, ¿*eta*?, volvió a preguntar intentado perder más tiempo todavía. El policía puso los ojos en blanco. "¿Y yo qué *zé*?", contestó por fin. "Me lo acabo de *encontrá* y *presisamente* me lo llevaba pa mi casa pa *da'le* de comé, que *paese* que *tié jambre er pobresito*, y mire *usté* por dónde que este niño de aquí *disse* que *eh* suyo. *Er* mundo *eh* un pañuelo, ¿eh?", dijo, echando una rápida ojeada a don Upildo y a la inspectora para ver cómo reaccionaban.

"¡Levanta la manta, venga!", ordenó el policía.

"Que le digo que *er* burro no *eh* mío y *meno* la carga, *zeñó* guardia . . ."

"Levanta la manta o te meto un puro que te vas a enterar", rugió el guardia con muy malas pulgas.

El hombre obedeció a regañadientes exponiendo a la vista un auténtico arsenal de radios de coche evidentemente robadas, atadas con cuerdas.

"¿Y el niño dice que el burro es de ustedes?", preguntó el guardia volviéndose a don Upildo.

"Señor guardia: el niño dice tonterías", se apresuró a decir don Upildo. "¿Cómo va a ser nuestro ese burro? Pregúntele a esta señora si no ha visto venir al hombre este por la carretera solo con del burro. Nosotros estábamos aquí antes".

La inspectora Valderrama dijo que era cierto pero que en su experiencia, los niños siempre tenían razón.

El segundo guardia volvió del *Land Grover*, le devolvió el carnet a don Upildo y se llevó al otro agente aparte para comentarle que habían identificado a don Upildo y al niño como su nieto. El guardia mostachudo se acercó de nuevo y le preguntó al mulero:

"A ver, tú, ¿dónde vives?"

"En . . . *pos* . . . yo . . . de aquí *pallá* mi sargento", balbuceó.

Entonces le ordenó que descargase al burro y metiese toda la carga en el *Land Grover*: quedaba confiscada, y el hombre, detenido por indocumentación, por sospecha de robo y vagabundeo.

Carlitos se puso enseguida a ayudar a llevar las radios al coche todo lo rápido que podía para "quitarle peso al pobrecito burro", como explicó. De repente se detuvo:

"¿Y el burro?¿Qué le va a pasar al burrito?"

"El jumento pasará a ser propiedad del Cuerpo de Acemileros de la Orden", sentenció el policía.

"¿Y eso qué es?", preguntó Carlitos a su abuelo.

"Que el burro se va a ir a vivir con la Policía, hijo".

"Entonces, ¿se lo van a quitar al hombre malo para que no le pegue más?"

"Sí".

"Pero, ¿le tratarán bien, seguro?", preguntó el crío al guardia, angustiado, abrazado al animal.

Don Upildo miró al guardia suplicándole con la vista que por lo que más quisiera dijese que sí.

El guardia se le quedó mirando unos instantes al cabo de los cuales contestó, empezando a ponerse los guantes:

"Sí, sí, le van a tratar bien, muy bien", y suspiró. "Ahora ya pueden irse, pero quedan avisados de que no vuelvan a alterar el orden. ¿Queda claro?"

El niño daba saltos de alegría y no paraba de besuquearle el pescuezo al burro. No lo soltó hasta que don Upildo le prometió que buscaría la manera de ir a verlo al cuartel "a llevarle unas zanahorias", como exigía Carlitos.

Carlitos pasó todo el viaje de vuelta comentando cómo habían "salvado a un burrito bueno de los palos y los bultos que le hacía cargar aquel hombre tan malo" y "lo bien que iba a estar con la Policía", y tan contento llegó a casa de don Upildo que su madre no pudo regañar ni al abuelo ni al nieto por haber regresado tan sumamente tarde.

Cuando se fueron madre e hijo, don Upildo se preparó un café y se preguntó qué hacer con el resto de la tarde y decidió darse un paseo aprovechando el buen clima.

Volvía de su paseo cuando pasó delante de una pescadería que tenía una gran pecera en el escaparate llena de bueyes de mar vivos. Como iba sin prisa, se paró a contemplarlos un rato por curiosidad. Los animales parecían dormidos, aburridos o desesperados, inmóviles o moviendo ligeramente las antenas y los ojos. Todos, menos uno que presentaba una actividad poco usual comparado con los demás: aquel animal parecía alterado, saltando rápidamente de un lado al otro de la pecera, atacando con patas y pinzas a los demás, subiéndose sobre uno para atizarle en la cabeza y saltando sobre el siguiente. Todos parecían resignados a aguantarlo. Como el precio de los cangrejos había bajado, entró a comprar un par de ellos. Se llevaría el agresivo por compasión hacia los demás, pues don Upildo pensó que bastante tenían los animales con haber caído en aquel Pasillo de la Muerte como para encima tener que tolerar que un espécimen violento como aquel les amargase aún más sus últimos días. El otro lo compraría simplemente porque estaban baratos, porque a don Upildo le encantaba el marisco con Albariño, aunque el médico se lo tenía prohibido por el tema del colesterol, la gota y la hipertensión. Pero un día era un día, y quería darle un giro optimista al desenlace de su experiencia con los Centros de Belleza Apolo. ¡Libertad! No más 'Risotto con aderezo de Guayaba' ni Déimien ni pastillas ni cremas. Suspiró al recordar a Marta pero se la quitó de la cabeza concentrándose en la compra de los cangrejos.

Entró en la tienda y, ya frente a la pecera, le pidió al pescadero que le sacara el cangrejo boxeador y luego eligió otro más pequeño que estaba inmóvil y de espaldas en una esquina, que tenía pinta de estar tan aburrido que parecía estar pidiendo la eutanasia a gritos.

El pescadero sujetó las pinzas de cada cangrejo con una goma elástica y metió cada uno en una bolsa, dejándolos un momento en el mostrador mientras cobraba. Mientras don Upildo sacaba el dinero, notó cómo una de las bolsas se agitaba encima del mostrador, y dedujo que debía ser la que albergaba el cangrejo nervioso. También lo notaba sacudirse violentamente dentro del envoltorio en el camino hacia casa, mientras que el otro permanecía quieto en su bolsa dejándose llevar; estaba claro que el cangrejo *number one* no se iba a dejar meter en la olla por las buenas.

Al llegar a casa, lo primero que hizo fue irse a quitar la chaqueta y luego volvió a la cocina dispuesto a ponerse a guisar. Estaba sirviéndose una cerveza cuando recordó que en su vida había guisado nada, y mucho menos animales vivos. Rebuscando por la despensa encontró un antiguo libro de cocina. "Hombre, qué bien le va a venir esto a Toñi" fue lo primero que pensó don Upildo, y se sentó a consultarlo. Por fin encontró unas 'Instrucciones Generales para Cocer Marisco' donde se indicaba que primero había que meter a los animales en el congelador unos minutos para aliviarles la agonía. Aquella fue la primera vez que se le ocurrió a don Upildo que antes de comerse a un animal había que asesinarlo. Mucha gracia no le hizo aquello pero siguió leyendo. Las instrucciones eran simples: poner a hervir una perola llena de agua con un puñado de sal y laurel y echar los centollos o bueyes de mar a la perola. Esperar a que hirviera y dejarlos cocer entre quince y veinte minutos y dejarlos enfriar en el agua. Muy complicado no parecía. Procedió a remeterse la corbata entre dos botones de la camisa (su versión del delantal) y sacó a los dos animales de sus paquetes dejándolos patas arriba sobre el lavavajillas mientras iba a buscar la cacerola y la llenaba de agua; pero viendo que no había cerillas para encender el fogón, se fue al cuarto de estar a buscarlas. Cuando volvió a la cocina, solamente quedaba un cangrejo en el mostrador; el otro había desaparecido, habiéndoselas ingeniado al parecer para revolverse y salir corriendo. Don Upildo se agachó a buscarlo y lo encontró en el suelo, junto a la pared, debajo del hueco del mostrador donde solía desayunar. Naturalmente, era el cangrejo belicoso, ahora en posición de ataque con las patas tensas y las pinzas elevadas, alzando el cuerpo en posición de batalla. El otro buey de mar ni se había movido.

En esto se le ocurrió a don Upildo una idea divertida: ¿Y una pelea entre Cule y el cangrejo? Lo nunca visto. Para evitar que Rambo se moviese (pues así lo había bautizado en su mente), lo cubrió con una cacerola y se fue a buscar al ofidio. Cuando volvió, lo dejó en el suelo enfrente del cangrejo y levantó de golpe la cacerola. El Rambo dio un bote de muerte al ver a la serpiente, y empezó a saltar y a moverse de derecha a izquierda contra la pared con las pinzas en alto como un púgil de peso ligero. Cule miró al principio sin interés pero al rato alzó la cabeza y empezó a acercársele. Pasaron varios minutos mientras Rambo seguía evidentemente nerviosísimo y Cule asomaba y escondía la lengua velozmente no se sabe si para asustarlo o para preparar los jugos gástricos. Así pasó un rato hasta que resultó evidente que nada más iba a suceder, y don Upildo se empezó a aburrir. Con las pinzas atadas no había emoción, y como estaba él de árbitro, decidió soltarle una. Sí, le soltaría la izquierda pensando que lo más lógico era que Rambo fuese diestro. Además, tampoco quería soltarle las dos pinzas no fuera a ser que en un descuido le hiciera daño a Cule. Otro razonamiento fue el pensar que como el cuerpo de Cule era bastante más grande que la abertura de la pinza, aunque Rambo le pellizcase un poco no le pasaría nada, pero aún así no se quiso arriesgar a liberarle las dos. Agarró a Cule y la colgó del pomo de la puerta y, echándole un trapo encima al cangrejo, lo levantó del suelo. El bicho se debatía como una fiera pero don Upildo lo sujetaba con fuerza contra su pecho. Sacó las tijeras del cajón de los cubiertos con la otra mano y, sacándole la pinza izquierda por un lado del trapo como pudo, le cortó la goma elástica y lo devolvió a su sitio. Rambo abría y cerraba ahora la pinza liberada y, para comprobar qué fuerza tenía, don Upildo le acercó una cuchara que él enganchó de inmediato y con la que empezó a aporrear el suelo con todas sus ganas. Don Upildo quiso quitársela pero el bicho la sujetaba con tal fuerza que no pudo. Además, Cule se había soltado de la puerta y se le estaba empezando a subir pierna arriba por dentro de la pernera indicando así que no tenía ningunas ganas de luchas. No se podía ocupar ya de Rambo como quería, y se dio la vuelta para sacarse a la serpiente del pantalón, que ya estaba llegando a su partes pudendas, cuando se dio cuenta de que el segundo cangrejo tampoco estaba ya sobre el lavavajillas. Se sacó a Cule del pantalón y se la llevó al terrario, pues ahora ya necesitaba toda su atención para controlar a los dos crustáceos que tenía sueltos por la casa.

Al volver a la cocina se le aceleró el pulso, ya que no se oían más cucharazos contra el suelo, e intuyó que aquel silencio no podía indicar nada bueno. Efectivamente; el tal Rambo había aprovechado la situación para desaparecer y ahora se le habían perdido los dos cangrejos. Buscó por todos los rincones de la cocina y despensa, pero ni rastro. Extendió la búsqueda a toda la casa y lo mismo. Volvió a la cocina y ya intentando calmarse y utilizar la lógica, se fijó en el resquicio que había entre la pared y la parte de atrás del lavavajillas y pensó que por ahí debía de haberse caído el segundo cangrejo que de repente se le antojó llamar 'Bongo'. Pero no podía saberlo seguro pues no alcanzaba a ver el suelo de detrás del lavavajillas. La nevera, la lavadora y el lavavajillas estaban instalados uno al lado del otro a lo largo de la pared junto a la pila de fregar. Mirando de lado detrás de la nevera pudo ver, al final del todo, la silueta de Rambo cuchara en ristre y las patas del pobre Bongo meneándose histéricamente, pues había caído de cara, quedando atrancado patas arriba entre la pared y la máquina. Tenía que encontrar alguna manera de sacarlos de allí. Se fue a la despensa a por una escoba con la que azuzarlos desde arriba, pero como desde allí no veía lo que hacía, tuvo que abandonar esta táctica para no lastimarlos. Retirando la escoba del resquicio, se las arregló para meterla entre la nevera y la pared de lado, pero como estaban allí los metales de detrás de la nevera, temió estropear algo o electrocutarse, y decidió desenchufarla; sin embargo, como el enchufe estaba por el otro lado de la nevera, no había modo de alcanzarlo sin retirarla de la pared. Quiso empujarla pero pesaba demasiado. Aparte, el palo de la escoba era demasiado corto.

Se fumó un pitillo para calmarse los nervios mientras pensaba, concluyendo que lo mejor sería retirar el lavavajillas de la pared para poder ver bien dónde estaban, y luego improvisaría. Tiró pues del lavavajillas hacía sí con tan mala suerte que el tubo del desagüe se soltó, descargando una cascada de agua sucia sobre los cangrejos e inundando el suelo de la cocina. Como seguía saliendo agua, don Upildo tiró más de la máquina hasta alcanzar el tubo y colocarlo sobre la pila de fregar, cortando así la fuente de inundación.

Cuando miró detrás del lavavajillas resultó que los cangrejos no habían perdido el tiempo y se habían trasladado al siguiente resquicio más estrecho, que era detrás de la lavadora. Furioso, se puso a tirar también de la lavadora pero como estaba tan enfadado hizo demasiada fuerza y la máquina se volcó hacia delante, pillándole dos dedos del pie. Aullando de dolor, sacó el pie mojado, sucio y dolorido y se sentó a ver lo que le había pasado: se había despellejado parte de los dedos, y las uñas del dedo gordo y del siguiente estaban todas moradas. Cojeando y echando pestes por la boca, se fue al cuarto de baño a desinfectarse. Tuvo que pasar por lo menos media hora antes de que pudiera volver a la cocina, cojeando, a ocuparse otra vez de los cangrejos. Ya no estaban detrás de la lavadora, y ni siquiera se los veía por la cocina. En aquellos momentos, el piso entero era de dominio crustáceo. ¿Dónde estarían?

Emprendió una busca metódica cojeando por toda la casa. Nada. Cansado y dolorido, se tumbó en el tresillo del salón a pensar, cuando al cabo del rato se dejó oír el ruidito metálico familiar de Rambo, atizando con la cuchara. Escuchando con atención, le pareció que venía de debajo del tresillo. Se incorporó con el menor ruido posible y se agachó para mirar debajo, pero no vio nada. Pling, pling, pling, ahora se oía más fuerte y estaba seguro de que venía de la parte de debajo del mueble. Separó el sofá de la pared de un empujón pero tampoco. Pling, pling. Volcó el mueble patas arriba y, sorpresa, allí estaba Rambo, enganchado a los muelles del sofá, subido encima del pobre Bongo y atizando violentamente los muelles con la cuchara, picoteándole la cabeza con fauces y patas, y aporreándole la cara con la otra pinza.

"¡Ah!", exclamó don Upildo. "¡Os pillé!"

Quiso separarlo del otro cangrejo pero Rambo soltó de repente la cuchara para intentar pellizcarle un dedo a don Upildo con un sonoro *clac* de la pinza. Al no conseguirlo, volvió a asir la cuchara, alejándose del tresillo marcha atrás a toda velocidad, no sin antes propinarle un último cucharazo al sumiso Bongo. Corría marcha atrás por el pasillo que se las pelaba, perseguido por un don Upildo renqueante, terminando por meterse en su cuarto y ocultarse rápidamente bajo la cama. Maniobrando ya con estrategia militar, decidió dejar al cangrejo encerrado para ocuparse primero del tal Bongo antes de que se le escapase; ya bregaría con aquél crustáceo indómito después.

Cerró la puerta de su habitación y se fue dando brincos hasta el salón. Bongo seguía inmóvil entre los muelles del tresillo, asido a un par de muelles con las patas, pegado a ellos como una lapa. Don Upildo lo agarró por el carro con una mano y empezó a tirar para separarlo pero no hubo manera; tiró con las dos manos y tampoco; el bicho tenía una fuerza sorprendente, animado se conoce por el miedo y, además, don Upildo tampoco podía hacer mucho esfuerzo pues le repercutía en el pie. Al fin se le ocurrió una estratagema: escaldarlo con agua caliente. Pero luego pensó que el agua se colaría por detrás de los muelles del tresillo, empapando el asiento y el suelo. Decidió tomar la ruta lenta pero segura de sentarse junto al animal y esperar a que se aburriese. Fue a buscar el periódico y una toalla y se sentó a leerlo en el suelo junto a Bongo. Como estaba tan cerca se dio cuenta de que de Bongo nada: aquello era una hembra, pues tenía un montón de huevas bajo la cola que hasta ahora no había visto. Vaya con la parejita.

No pasó nada durante mucho rato hasta que la cangreja empezó a mover lentamente las patas para intentar cambiar de postura, momento que don Upildo aprovechó para agarrarla y tirar de ella por sorpresa, consiguiendo separarla del mueble. La envolvió en la toalla, la guardó en una bolsa y la llevó cojeando directamente al congelador. Victorioso, o por lo menos con un cincuenta por ciento de la victoria en su haber, se sentó a fumarse otro pitillo en la cocina mientras ideaba la manera de pescar al que faltaba. En cuanto se calmó, se dirigió a su habitación. Entró cautelosamente y miró por el resquicio y sobre todo detrás de la puerta pero no vio a Rambo. Cerró la puerta con cuidado y se agachó a buscarlo por el suelo, debajo de las camas. Nada tampoco. Para asegurarse de que no estaba colgado de los muelles de los somieres, se le ocurrió quitarse los zapatos, subirse a su cama y ponerse a dar saltos pero no duró mucho por culpa del dolor de dedos que tenía. Cuando se cansó, se tiró al suelo a ver si se había desprendido. Hubo suerte pues allí estaba, patas arriba, intentando darse la vuelta para salir huyendo pero desafortunadamente para él, los muelles estaban demasiado bajos para poderse girar. Estaba atrapado. Cuando vio que su víctima no se podía mover, don Upildo dio la vuelta por el otro lado de la cama y con el palo de la escoba lo sacó a la luz, lo enrolló en una toalla, lo metió en otra bolsa y al congelador también. Por fin podía descansar un rato.

Cuando calculó que los cangrejos ya estaban lo suficientemente 'anestesiados', puso a hervir el agua con sal y laurel y los echó a la olla tal y como había instruido el recetario. No acababa de poner la tapa sobre la cazuela cuando Rambo debió dar un salto mortal desde dentro que casi la vuelca y don Upildo apretó la tapa con fuerza contra la cazuela mientras los animales daban los últimos estertores. Estaba consternado de pensar lo que debían estar sufriendo, pues creía que el tenerlos en el congelador los habría inmunizado contra el dolor, pero aquel estallido de rebeldía le dijo lo contrario. Mas la suerte estaba echada para Rambo y Bonguita (a quien había rebautizado al ver que era hembra), y a don Upildo solo le quedó apretar la tapa con fuerza para terminar con las vidas de ambos crustáceos lo antes posible. Rambo empujaba la tapadera con un ímpetu digno de elogio, pero no pudo con la fuerza implacable de don Upildo, quien al rato dejó de notar movimiento dentro de la olla y retiró las manos de la tapa. Ahora ya seguro que ni Rambo ni Bonguita existían más. Miró a su alrededor por primera vez desde que empezase aquella aventura: el lavavajillas estaba a un palmo de la pared, la lavadora volcada en el suelo y seguramente rota; el agua turbia del lavavajillas inundaba todo el suelo de la cocina, y además se había machacado dos dedos de los pies; y luego habría que ver lo que habrían hecho los cangrejos por la casa mientras él se había estado curando los dedos. Tenía que reconocer que aquellos animales habían luchado por sus vidas mejor que dos toros Miuras y comprendió que la carne tierna de un par de arañas marinas le había costado bastante más cara que el dinero que había pagado por ella. Aquello de 'ojo por ojo y diente por diente', reconoció, tenía que ser verdad. *Karma*.

Don Upildo hubiese seguido inmerso en tales disquisiciones durante mucho más tiempo, pero como nada le quitaba el apetito y no tenía intención de usar más gotas mágicas, en cuanto terminó de secar el suelo de la cocina y llamar al fontanero abrió una botella de vino. Al principio le vino la idea de estar prácticamente cometiendo canibalismo de tanto como había terminado por conocer a sus cangrejos, pero la gula le disipó rápidamente aquellas consideraciones. Primero los preparó al estilo asturiano, mezclando el contenido del carro con un poco de vino blanco. Pero algunas veces la venganza de los espíritus va mas allá de la muerte, y Rambo se las había arreglado para comunicarse con don Upildo desde el más allá, no bajo la forma de un alma en pena, sino transmitiendo a su carne un sabor tan amargo que no había forma de comérsela.

"¡Bandido!", exclamó, escupiendo en una servilleta lo que tenía en la boca como si el bicho pudiera escucharle. "¡Si lo sabe mi alma te dejo pudrirte en aquella pescadería!" Y sin más contemplaciones, echó los restos mortales de Rambo a la basura, cerrando la tapa con un buen golpetazo.

Luego dio cuenta de la pobre Bonguita, que estaba muy rica por cierto, y abrió la nevera para terminar de cenar con alguna de las creaciones de Toñi, quien guardaba los platos que guisaba para don Upildo en contenedores de plástico a los que catalogaba poniéndoles una etiqueta. La etiqueta del primero que sacó decía, con la letra de colegiala de Toñi: 'fiyoas de marisco' y don Upildo decidió probar el plato para compensar la pérdida que había sufrido con Rambo.

Abrió la tapa pero no supo a ciencia cierta lo que era aquello, ni menos cómo sacarlo del contenedor, pues Toñi había frito los discos de masa y los había puesto todos en la base del contenedor, cubriéndolos con una mezcla de mejillón y calamar también refritos con tomate y cebolla; era justo como había sugerido don Upildo. Sin embargo, la mujer no había comprendido que las fillóas eran la pasta misma de la empanadilla, y había intentado aplanar la mezcla aplastando el marisco brutalmente contra la pasta con un tenedor. Se notaba que no había podido quitarse de la cabeza la receta de la empanadilla clásica, que se hace aplastando con un tenedor los bordes de la masa una vez rellena; de modo que la versión que Toñi había confeccionado era una plasta que andaba entre lo poco apetecible y lo revulsivo. A pesar de todo, Don Upildo intentó cortar aquello con un cuchillo para meterlo en el horno, pero la base se había pegado al fondo y como además se desmoronaba en pedazos informes y estaba endurecida y hasta requemada, se dio por vencido y mandó las 'Filloas con Marisco' a hacerle compañía al difunto Rambo.

Recordando que el régimen de los Centros de Belleza Apolo ya no estaba vigente, terminó por comerse una pila de galletas y se fue renqueando a la cama sin más preámbulos.

Mañana sería otro día.

DOMINGO

AQUEL domingo tampoco empezó con buen pie, pues don Upildo se despertó doliéndole los dedos que se le habían machacado al volcarse la lavadora y además padeciendo un fuerte ataque de gota por el ácido úrico del marisco.

Como todos los domingos, la casa estaba más silenciosa que de costumbre y se tomó su tiempo antes de levantarse. Salió un momento de la cama para subir la persiana y poder contemplar el color del día. Parecía que se avecinaba otra bonita mañana. Tras otra mirada a las yermas ventanas de Marta, volvió a meterse entre las sábanas a contemplar el trocito de cielo que veía desde su almohada, enmarcado entre las paredes de varios edificios. Era un cielo claro con pequeñas nubes blancas que invitaba a la ensoñación. Como todos los domingos, se puso a considerar la conveniencia de si ir o no ir a Misa y su mente empezó a divagar. Así tumbado, le vino una idea que le acosaba con frecuencia: la sospecha de que Dios era el mundo y de que cada persona era parte de Dios. No solo eso sino que cada animal y árbol; cada pensamiento; cada nube; cada nota musical, cada aliento y cada soplo del Universo, eran Dios. No había separación. Siempre que aquello se le ocurría, escarbaba en los pliegues de su memoria buscando la raíz de tales convicciones, y se acordaba de un libro sobre costumbres aborígenes de Centroamérica en el que sus miembros, en vez de saludarse con un "Buenos días" se saludaban diciendo: "Yo soy tú" y el otro contestaba: "Y tú eres yo". Siguiendo aquella línea de pensamiento, todos y todo debíamos ser sagrados. ¿Tendrían razón aquellos salvajes?, se preguntó. Don Upildo era hombre religioso pero el Maligno, aprovechando momentos de solaz como aquellos, le tentaba a veces con graves dudas espirituales que le obligaban a echar mano del Sacramento de la Fe para espantarlas. Su mente se centró entonces de nuevo en la tesitura de su comparecencia en Misa. Después de haber pecado con aquellos pensamientos blasfemos, no sabía ya cómo proceder. "Estoy para la Excomunión", se dijo, arrepentidísimo. Pero aquellas ideas pecaminosas eran tenaces y sin querer volvió a pensar en el tipo de mundo que sería si todos nos viésemos como una extensión de Dios, pues entonces, todo nos parecería sagrado y no nos atreveríamos a maltratarnos ni a abusar, ni a hacerle daño a nada ni nadie. ¿Cómo iba nadie a maltratar a Dios, si estaba en todas partes? Las guerras y el odio dejarían de existir. Reconociendo que aquellos pensamientos blasfemos significaban la eliminación de la Iglesia y de la mayoría de las religiones planetarias, don Upildo se horrorizó ante las consecuencias de tales ideas locas. Tanto, que en aquellos momentos oscuros ideó hasta comprarse un flagelo con el que castigarse debidamente. Le faltaba humildad, reconoció casi en lágrimas, y pidió perdón allí mismo de nuevo al Altísimo por atreverse a considerar ideas profanas.

Tan ensimismado estaba don Upildo con aquellas filosofías satánicas que el café se le pasó, y tuvo que tirarlo y hacerse otro. "Dios me está castigando", razonó, avergonzado.

Haciendo un gran esfuerzo de Fe, se obligó a sí mismo a cambiar de pensamientos para evaluar las alternativas espirituales que tenía si alguna vez quedaba excomulgado, pues la idea de quedarse al margen del mundo religioso le aterrorizaba. Pensó en el Islamismo, y le pareció mal por prohibir el vino y el jamón. Luego pasó a analizar el Hinduismo, y tampoco le gustó por tener que prescindir de la ternera y tener que bañarse aunque no fuese sábado. Finalmente dio un somero repaso al Budismo con su incomprensible gimnasia de yoga y concluyó, tras aquel profundo análisis, que 'viva la Santa Madre Iglesia' y que se le estaba haciendo tarde para llegar a Misa. Se peinó y ajustó la corbata y decidió no sólo asistir a la Santa Liturgia sino también pedir Confesión, pues mucho había pecado con el pensamiento aquella mañana. Mucho.

Nada más entrar a la iglesia se sintió confortado por la presencia de los otros feligreses, el aroma a Santo Incienso y el soniquete familiar de aquel lenguaje eclesiástico tan intrigante: *Ecuménico, Pentateuco, Eucaristía, Cristi Eleyson, Pentecostés*... Lo que a otros podría parecerles un abracadabra santero o palabrería vudú, a él le calmaba el espíritu, transportándolo a un limbo de suaves algodones.

Ah, ¡qué feliz se sentía don Upildo cantando a coro aquello de:

'El Señor es mi pastor; nada me faltará.
En lugares de delicados pastos me hará descansar.
Junto a aguas de reposo me pastoreará . . . '

Después de salir de Misa y con el corazón ensalzado de salmos, decidió darse una vuelta por el Rastro.* A don Upildo le gustaba mucho el Rastro. Le encantaba el tumulto de gente, el griterío de los vendedores, las curiosidades que allí se vendían y que, increíblemente, la gente compraba. Disfrutaba perdiéndose entre la muchedumbre a observar a la gente de tan diferentes estratos sociales como estaba constituida la fauna humana de Madrid. Había tiendas antiquísimas llenas de bártulos, ropa, libros, discos, radios, ventiladores y toda clase de trastos de otras épocas que le recordaban a su juventud, en la que tantas mañanas de domingo había pasado en el Rastro. Había obras de arte, juguetes, bolsos, bufandas, globos, boinas, parafernalia militar. Pero su zona preferida era la de las piezas de motor usadas. Allí sí que se divertía don Upildo. Le fascinaba encontrar tesoros ocultos para personalizar su querido Mil Quinientos. Don Upildo siempre empezaba sus propias mejoras mecánicas sin poder terminarlas casi nunca, pues no disponía de los conocimientos técnicos suficientes. Menos mal que uno de los merchantes, un mecánico retirado llamado Parreño, le sacaba las castañas del fuego a cambio de poco dinero. El último chirimbolo que le había puesto a su coche era un aparatito equipado con células fotoeléctricas que cambiaba las luces de largas a cortas automáticamente según se acercaba otro coche en dirección contraria. Por desgracia, el aparato era demasiado sensible y cambiaba la luz constantemente. Poco menos que hasta una ristra de luciérnagas lo activaba.

Aquella mañana iba a ver si Parreño se lo regulaba. Casi había llegado a su tienda cuando pasó delante de un gitano que sostenía un cachorro de pastor alemán en cada mano.

"¡Perrito bonito, perrito . . . ! ¡Qué perrito tan bonito . . . !", anunciaba el hombre a gritos.

---

* El Rastro es un mercado al aire libre de objetos de segunda mano que se organiza todos los domingos y festivos en el centro histórico de Madrid.

Eran unos cachorritos monísimos, y don Upildo se paró un momento a acariciar a uno de ellos antes de seguir. El gitano interpretó aquel gesto de apreciación como si fuese un interés de compra:

"Mil pesetas, *payo*".

"No, muchas gracias", dijo don Upildo acariciando al segundo cachorrito para que no le diese envidia de su hermano.

"Novecientas".

"Que no, que no . . .", contestó, poniéndose en marcha de nuevo.

El gitano dedujo que lo que quería era regatear:

"Hala, hoy estoy loco: te lo dejo en setecientas cincuenta y no se hable más."

"Que le digo que no, hombre. Hala, váyase", le dijo con impaciencia.

"Ochocientas por los dos. Están sanos y no comen *na*. Mira qué dientes, mira qué patas, mira qué . . . venga, anímate, hombre, que son los últimos que me quedan . . ."

Don Upildo intentaba desprenderse de aquel tío tan pesado pero no podía alejarse de él porque la calle estaba abarrotada de gente. El gitano le seguía con los perros en las manos mientras su mujer iba detrás; era una mujer de mediana edad de cintura ancha cuyo busto generoso reposaba sobre su estómago distendido. Llevaba el pelo recogido en una larga trenza toda desaliñada y lucía (es un decir) una falda de volantes llena de manchas.

Como don Upildo no contestaba, el gitano se impacientó, empezando a levantar la voz para llamar la atención de los transeúntes:

"¡Mira el tío *esaborío* este, que me *quié* comprar el perro pero no me paga . . . Manda *güevos* . . . !"

Quería ver si al ponerle en evidencia en público cedía, pero don Upildo no tenía intención de comprar ningún perro dijese el gitano lo que dijese, y siguió caminando sin responder. Cuando el gitano se puso tan pesado que la gente ya los miraba, se volvió:

"Que le digo que no quiero perros y que me deje en paz. No se los voy a comprar, ¿está claro?"

El gitano soltó varios insultos referidos a su familia, pero eventualmente cambió de tono.

"¿Y la buenaventura?¿Quieres que te eche mi hembra la buenaventura?"

"Que no . . ."

Habían llegado a un claro donde había más espacio, y como ya no se veía presionado por la gente, don Upildo volvió a girarse.

"Ya le he dicho que no quiero ningún perro. ¿Me va a dejar usted ya en paz de una vez?"

Entonces se le acercó la mujer y le cogió la mano suavemente:

"*Payo*, hombre, deja que te *eshe* la suerte. Dame lo que quieras . . .", dijo con tono lastimero.

Don Upildo no se esperaba que interviniese la mujer, y ella aprovechó su sorpresa para añadir:

"¿Y los perretes?¿Qué van a comer los perretes, eh?"

Don Upildo echó una rápida ojeada a los animales y se le partió el alma de pensar en la vida que les esperaba.

"Venga, léame la mano de una vez y acabemos", concedió.

Ésta le hizo señas para que le siguiera a un banco donde sentarse y le pidió que pusiera una moneda de veinte duros en la mano y que cerrase el puño. Don Upildo obedeció con desgana.

"A ver, a ver . . . A ver, a ver . . .", dijo ella cerrando los ojos y pasándole la mano en círculos por encima del puño cerrado. "*Fú, soplío . . .*", dijo bruscamente, conminándole a que abriese la mano. La moneda había desaparecido.

El marido andaba por allí husmeando y ella le indicó con un gesto que los dejase. Él se alejó un poco y empezó de nuevo con su reclamo de ventas:

"Perrito bonito, perrito . . .", mostrando su mercancía a los transeúntes.

Cuando la gitana hubo guardado los veinte duros en uno de sus bolsillos, empezó a calentar motores:

"*Ereh* un hombre bueno. Un hombre que quiere a *loh animaleh*".

"Vaya descubrimiento", dijo él.

Ella le miró resentida por la interrupción y por la falta de confianza, pero volvió a concentrarse:

"Un hombre solo o que se siente *mu* solo . . . ¿*Tieneh* familia, *payo*?"

Don Upildo no le quiso dar pistas para averiguar si la mujer verdaderamente podía predecir el futuro o no, pues aunque el dinero lo estaba dando por cariño a los perros, si podía sacar algún beneficio, mejor.

"Si se lo digo no vale. Venga, adivínelo. ¿No es usted pitonisa?"

La mujer le echó otra mirada más de reproche pero volvió a prestar atención a la mano de don Upildo.

En esto pasó por allí una chica joven de pelo largo y amplias caderas y el gitano cambió súbitamente de *slogan*:

"Perrito bonito, perri- . . . ¡¡Menudo perrito caliente te daba yo a ti!! . . . ¡¡Calentito el perrito, calentito . . . !!", le dedicó a la chica, empezando a seguirla arrimándole los perros al trasero.

"Espérame un rato, que ahora vengo . . .", murmuró la gitana levantándose del banco y avanzando hacia su hombre con paso firme. Cuando llegó a su altura le soltó una palmotada en el cogote: "¡¡E'graciao, so sinvergüensa, que tóo lo tengo que jasé yo . . . !!", obligándole a volver, cosa que el hombre hizo a regañadientes, aún dándose la vuelta de vez en cuando para seguir a la chica con la vista.

"¡Venga, a *trabajá*, que yo te vea aquí, delante de mí, so *malaje* . . . !"

El *malaje* miró a don Upildo como diciéndole: "así son las mujeres", buscando simpatía, pero la mirada asesina de la gitana le dijo que más le valía no aconchabarse con él. Don Upildo acató, esperando a ver cuándo se iba a reemprender a la sesión de futurología por la que ya había pagado cien pesetas.

Cuando la mujer comprobó que la chica se había perdido de vista y el gitano había vuelto a la venta de 'ganado', volvió a concentrarse en la mano de don Upildo:

"Veo una *muhé*. Una *muhé* joven."

"Si, sí . . .", confirmó don Upildo, empezando a interesarse.

"*E* una *muhé* que tú no *conosse mu* bien . . . No la *conosse*, no . . ."

"Sí, sí, siga . . .", dijo don Upildo enderezando su postura. La gitana tenía ahora toda su atención. Pero en lugar de seguir, empezó a mover la cabeza negativamente apartándose de don Upildo:

"*Na*, que no veo bien. No veo *na* bien. Pon *otroh* veinte duros en la mano cerrada *pa* ve si *mesaclara* la visión, hombre . . ."

Don Upildo sintió que la ira empezaba a subírsele a la cabeza, pero por no perderle el rastro a algo que verdaderamente le interesaba, hizo lo que le pedía. Ella volvió a hacerle el birlibirlongo de antes y cuando habían desaparecido de nuevo los veinte duros, volvió a concentrarse:

"Tú *quiereh* a la *muhé*, pero tú no *tieneh* lo que ella quiere".

"¿Cómo que no?¿Qué quiere?", preguntó lleno de ansiedad.

"*Na*, que tú no *tieneh* lo que ella quiere; no lo *tieneh*, no" dijo ella negando con la cabeza. Paró un momento para darle más énfasis a lo siguiente: "No te *pueo desí máh* . . ."

"¿Cómo que no?"

"Como que no. Que no te puedo *desí máh* y punto. Lo *tieneh* que *averiguá* tú, y tú lo va a *averiguá mu* pronto . . ."

Don Upildo intentó sonsacarle ofreciéndole incluso más dinero, pero la gitana insistió en que no veía más: "Ni mil duros que me dieras, *payo*", concluyó. Aquello convenció a Don Upildo.

Luego pareció concentrarse en otra zona de la mano:

"Veo un viaje. Un viaje *mu* bonito, vaya que sí . . . ," dijo, esbozando una alegre sonrisa.

"¿Un viaje?", preguntó don Upildo con extrañeza. Don Upildo no viajaba jamás como no fuese a darse un paseo en su Mil Quinientos por la sierra madrileña. Pensó que la gitana no sabía lo que decía y como vio que no podía conseguir más información sobre Marta, que era lo único que le interesaba (pues no le quedaba duda de que la mujer a la que se había referido era ella), se despidió con el pensamiento perdido en las enigmáticas predicciones que acababa de recibir.

Siguió andando hasta llegar a la tienda de Parreño, en la plaza de Cascorro, donde la gente se arremolinaba alrededor de los puestos, tiendas, tenderetes y mantas en el suelo que mostraban toda clase de chirimbolos.

Parreño tenía una tienda de desguace de coches que estaba abierta todos los días, pero los domingos montaba una mesa en la acera, junto a la puerta de la tienda, donde exhibía aparatos pequeños y cosas nuevas que esperaba vender mejor que si las dejaba dentro de la tienda. Invariablemente, todos los domingos se le podía encontrar en la puerta vigilando la mesa.

"Buenos días", le saludó don Upildo nada más verle.

"Buenos días, don Upildo. ¿Qué, cómo lleva el día?"

"Bien, Parreño, bien. Le tengo que traer el coche para que me ajuste el regulador de luces. No va bien."

"Qué raro. Pero bueno, tráigalo cuando quiera. Ya sabe que aquí estamos para servirle", contestó Parreño en tono jovial. "Y la sirena, ¿qué tal le ha ido?"

"Huy, estupendamente; no se imagina lo bien que va".

"Le tengo otra cosita que a lo mejor le gusta", musitó, bajando el tono de voz.

"A ver, a ver . . ."

Parreño entró en la trastienda y volvió con una señal luminosa portátil de las que se adhieren al techo del coche que utilizan los policías de paisano cuando salen del anonimato.

"Ésta le va a venir de miedo combinada con la sirena", dijo. "En un atasco, es el no va más . . ."

Parreño pulsó el interruptor para que se viese el efecto que era, efectivamente, el de una luz giratoria muy potente de color azul.

"¿Este color no será reglamentario . . . ?", indagó don Upildo un poco preocupado.

"No, claro que no. Esta es una señalización para obras y además es extranjera, o sea que no se preocupe que la policía no va a poder decir que está usted intentando suplantarla."

Don Upildo la compró inmediatamente y también unas cuantas pilas y, después de concertar la cita para llevarle el Mil Quinientos se fue caminando hacia el Metro para llegar a casa de su hermana.

La hermana de don Upildo vivía en la calle del Pintor Rosales frente al Parque de la Montaña, un barrio bastante cerca del suyo, pero de más categoría. Acostumbraba a comer allí casi todos los domingos porque se llevaba bien con ella y para darle también un poco de alegría, pues la pobre tendía un poco a la depresión. Tomó el Metro y se bajó en la estación de Quintana hasta llegar a su casa. La puerta de su piso exhibía un letrero de latón que decía:

Rodrigo Cartabón-Duduá
Presidente y Propietario

"Pedante de cuñado que tengo", se dijo don Upildo mientras llamaba al timbre, preguntándose como siempre de dónde se habría sacado aquel título. Le abrió su sobrino Rodriguito.

"Pasa, tío Upildo. Mi madre está en la cocina con la chica, mi hermana en su cuarto, creo, y mi padre en el cuarto de estar".

Rodriguito era un chico de dieciséis años que decía tener aspiraciones de escritor. Tenía un espíritu delicado y observador que su padre tomaba por pusilánime. Aquella personalidad artística había decepcionado profundamente a don Rodrigo, quien insistía en manipularla, retorcerla y vapulearla para ver si conseguía extraer o por lo menos imbuir en ella el espíritu emprendedor de los Cartabón-Duduá. Pero el chico era puro Ruebañoz, e insistía tercamente en seguir el camino hacia la mediocridad económico-social que los caracterizaba y que tanto despreciaba don Rodrigo.

Don Upildo fue directamente a la cocina donde, efectivamente, se encontraba su hermana preparando la comida. La familia tenía contratada a una chica de servicio que estaba fregando cacharros en aquellos momentos.

"Upildo, ¡qué alegría!, dame un beso", dijo su hermana, secándose las manos en un paño. Tenía dos años menos que él; era regordeta, con el pelo corto y un temperamento bonachón.

"Hola, guapa", contestó él. "Buenas tardes", le dijo a la chica. "¿Qué estás haciendo? Huele estupendo . . ." añadió, interesado como siempre en la cocina.

"Arroz con costra, dijo ella. ¿Quieres tomar algo mientras se hace? Rodrigo está en el cuarto de estar. Los cuñados vendrán dentro de poco." Y los dos pusieron cara conspiratoria comunicándose lo poco que les gustaban los mencionados cuñados.

Don Upildo se fue con la cerveza por el pasillo hacia el cuarto de estar donde se encontraba el gran Cartabón espatarrado en su sillón, viendo la tele y tomando cerveza.

"Hombre, Upildo, ¿qué pasa?", dijo sin levantarse ni dejar de prestar atención a la pantalla.

Cartabón no se molestaba en ocultar el desprecio que sentía por su cuñado, a quien consideraba un fracasado por haber sido empleado toda su vida. Don Upildo le correspondía con un odio igualmente mordaz pero solapado; además, sospechaba que no trataba bien a su hermana.

"Hola, Rodrigo; no pasa nada. ¿Qué estás viendo?", añadió al cabo de un rato de silencio.

"Está terminando 'Cirugía Penal'", dijo Cartabón tomándose un trago de cerveza.

"Ah, sí, yo la vi hace poco; menudo suspense. Pero no sufras más porque el asesino es el marido", dijo, mientras abría el ABCD dominical como si tal cosa.

"¿Cómo?"

"Digo que el asesino es el marido", repitió don Upildo, ocultando una sonrisa maquiavélica tras el periódico.

"¿Será verdad?"

Don Upildo no se dignó a contestar, sino que se acercó a los labios el vaso para observar de reojo la cara de mala uva que se le estaba poniendo a su cuñado. Qué gusto. Qué cara de asco tenía el desgraciado.

Cartabón volvió a concentrarse en la película esperando que el bobalicón de su cuñado estuviese de broma, pero en cuanto se empezó a ver que el asesino sí que era el marido, montó en cólera:

"¡Me has chafado la película, Upildo!"

Don Upildo seguía feliz pero se cuidó mucho de disimularlo, pues le encantaba picar a su cuñado.

Sonó el timbre de la puerta y a los pocos momentos llegaron Pituca, que era hermana de Rodrigo, y su marido, Eduardo de Bombón y Pompierre. Pituca era mucho más joven que Cartabón, y su marido, más joven todavía que Pituca.

Los de Bombón y Pompierre eran una pareja interesante. Ella se había casado con él por su dinero, y cuando descubrió que toda la herencia se la había gastado en el juego, no se lo perdonó. Él también se había casado con ella por lo mismo, y cuando resultó que el único que tenía dinero era Rodrigo por ser ella hija de un matrimonio anterior, tampoco se lo perdonó. Ninguno de los dos sabía hacer otra cosa que no fuese tomar cócteles y canapés. Para poder sobrevivir, ella se había puesto a vender pisos en una inmobiliaria. Él había estado trabajando de dependiente en una zapatería de la calle Serrano, pero perdió el empleo cuando se presentó en la tienda Lady Gertrudis Landouse, una de sus ex, y se escondió en el lavabo negándose a salir hasta que ella se fue. Como Pituca vendía tan pocos pisos (pues todos le parecían feísimos y no fallaba en comunicarle su opinión a sus posibles clientes) la pareja estaba prácticamente en la miseria.

Todos se saludaron y cuando a los pocos minutos se anunció la comida, la familia pasó al comedor. Cartabón, como jefe de la casa, se sentó en un extremo presidiendo la mesa; su mujer se sentó a su derecha y don Upildo su lado. A la derecha de don Upildo estaba el empingorotado de Bombón y Pompierre. A la izquierda de Cartabón se sentaba, como de costumbre, el chico Rodriguito, al que su padre quería tener siempre a mano por si le tenía que dar algún mamporro. A la izquierda del chico estaba su hermana Adela, quien procuraba siempre mantenerse alejada de su irascible padre para poder discutir con él a gusto sin tener que sentir la amenaza de su cercanía física. Presidía la otra parte de la mesa Pituca Cartabón-Duduá, señora de Bombón y Pompierre; de esta manera presidían la mesa los dos Cartabón, evidenciando qué familia era la que mandaba allí.

Los vasos de agua estaban ya servidos en la mesa, pero era el mismo Cartabón, como jefe de familia, quien se encargaba de servir el vino a los adultos. Cada vez que se quería más vino había que pasar el vaso de un comensal al otro hasta llegar al ojo escrutador y puño de hierro del ilustre don Rodrigo, quien iba contando cuántos vasos se bebía cada quién, dictaminando su juicio:

"Pero, ¿otro más, cuñado?" o bien: "Pituca, que ya llevas dos . . ."

La chica vino por fin con el arroz con costra que la hermana de don Upildo dominaba por haber aprendido de su abuela, que era valenciana. El plato era exquisito: arroz al horno con carne de cerdo y unos pocos garbanzos diseminados por la superficie. La costra era una capa muy fina de huevo gratinado. El arroz siempre se hacía en una fuente de barro y se servía directamente de la fuente. La chica lo dejó en la mesa y la hermana de don Upildo se encargó de servir a cada uno.

"Mamá, yo solo arroz, y poco . . .", pidió Adela.

"A mí sin garbanzos", secundó Rodriguito.

"'Al nene que no le pongan garbanzos', se mofó el muy cretino de Cartabón.

La pareja constituida por los Bombón y Pompierre no se perdía ni un solo domingo para poder disfrutar gratuitamente de la exquisita cocina de la hermana de don Upildo. De hecho, era el único día de la semana que comían bien.

"Eduardo, ¿qué prefieres?", preguntó ella.

"A mí de todo, de todo . . .", contestó, intentando vanamente ocultar el hambre que traía.

Cuando terminaron el arroz vino la chica con dos pollos al horno rodeados de patatitas asadas. Hubo un pequeño conflicto cuando se descubrió que todos querían que les tocara muslo y nadie pechuga, menos Rodrigo *junior* que dijo que quería las alitas.

"Este chico siempre tiene que ser diferente . . .", se quejó su padre.

"Y, ¿qué tiene de malo ser diferente?", intercedió Adela por su hermano.

"Niña, no provoques a tu padre", dijo la hermana de don Upildo calladamente.

Cartabón miró a su atrevida hija con desprecio pero en lugar de contestar se puso a roer un mendrugo que andaba por allí suelto. La familia respiró aliviada de ver que la chispa que podía haber encendido la primera discusión dominical no había prendido.

La hermana de don Upildo dijo entonces que se conformaba con que le tocara la pechuga, pero ninguno de los demás cedió, insistiendo en que de pechuga nada: todos querían muslo y punto. Se hizo un *impasse* que terminó cuando Cartabón le retiró súbitamente de las manos a su mujer los utensilios de trinchar, y se puso en faena con el pollo que le quedaba más cerca. Primero lo quiso sujetar pinchándolo con el trinchante, pero presionó demasiado y se le escapó, haciendo carambola con el segundo pollo, que salió volando por encima de la mesa para terminar a caballo entre el mantel y el plato del ilustrísimo don Eduardo. El de Bombón, obedeciendo a la hambruna, no perdió el tiempo y, blandiendo el tenedor, lo hincó profundamente en el anca del plumífero, proclamando:

"¡¡Mío!!"

Su mujer agarró rápidamente su propio tenedor y le atizó también un soberbio sablazo en la otra pata y empezaron a forcejear para desprender cada uno el codiciado muslo.

"Qué vergüenza, madre mía, qué vergüenza . . .", murmuró la hermana de don Upildo.

Pero la pareja, se conoce que acostumbrada a batallar de esta guisa a diario, no atendía más que al pollo y hasta se habían incorporado en sus sillas para poder maniobrar mejor. Primero parecía que quien iba ganando era el marido hasta que Pituca, de un brusco tirón, consiguió hacerse con el ave que aún traía el tenedor de su marido insertado en la pata, trasladándoselo a su plato. Se atusó un poco el pelo y se aplicó a darle cuenta, pero Eduardo no le dio tiempo ni a hincarle el cuchillo porque se abalanzó sobre el mismo, agarrando su tenedor y tirando hacia sí con todas sus fuerzas. Ella, que se lo esperaba, empuñó con las dos manos su tenedor, tirando del mismo hacia sí hasta que se desprendió. Al final cada uno consiguió su anca, si bien toda deshilachada por los pinchazos y tirones que había padecido en aquella lid territorial. Ella se compuso un poco la blusa y él quedó con el pelo revuelto y el cuello de la camisa ladeado, pero masticando ávidamente y sin quitarle ojo a su mujer por si atacaba de nuevo.

El otro pollo, el que había precipitado el despegue del primero, había quedado fuera del alcance de Cartabón pero dentro del rádar de la niña Adela quien, al ver la batalla que se acababa de librar a su izquierda, hincó también su tenedor en el muslo con decisión. Don Upildo no quiso ser menos y también tomó posesión del último anca disponible endilgándole otro certero puyazo a la pata que le quedaba de su lado.

Como los dos pollos estaban en el extremo opuesto del área de influencia de Cartabón, estaba claro que era él el único que se había quedado sin anca y, antes de que pudiera reaccionar, todos los que habían tomado posesión de su muslo empezaron a degustarlo. Allá quedaron sobre el mantel los cuerpos mutilados de los dos plumíferos.

Eduardo, como seguía con hambre, se había apropiado de la mayor parte de las patatas; además, al ver uno de los pollos tan cerca (el que le había venido llovido del cielo como quien dice), lo pasó disimuladamente del mantel a su plato esperando que nadie lo notase.

"¡Ha sido voluntad divina que este manjar me haya caído a mí!", se defendió cuando Adela comentó en voz alta lo que acababa de hacer.

"¿Cómo 'voluntad divina', si resulta que te has declarado Marxista?", preguntó Adela. "Los Marxistas no creen en Dios". Eduardo, que había sido muy de derechas toda su vida, se había pasado a las izquierdas desde que había tenido que ponerse a trabajar. O eso decía.

"Divino no quiere decir que venga de Dios, niña. Puede querer decir, y quiere decir en mi caso, que la voluntad ha sido 'milagrosa'".

No convenció a nadie su argumento pero todos continuaron comiendo en silencio. Rodriguito se levantó entonces a por los trofeos que siempre fueron suyos, desmembrando las alas de los restos mortales de ambos plumíferos sin más comentario. Rodrigo padre bufaba internamente. Le hubiera quitado el muslo a cualquiera de aquellas sabandijas, pero como le daba asco comer de donde otros, se calló y se puso a comerse la aborrecida pechuga que su mujer había trinchado para él en silencio. Todos metieron la nariz en el plato y pronto no se oyó mas que el batir de quijadas colectivo tan solo interrumpido por el gorgoteo ocasional de alguna que otra libación. La chica vino a traer la ensalada y como el silencio o, mejor dicho, el sonido de tanta masticación resultaba tan incómodo, Rodrigo Cartabón le ordenó con un gesto que encendiese la televisión.

La linda locutora del telediario comentaba algo sobre el presidente Graznar y Adela, que ya había terminado su anca y su patatita, quiso entretenerse provocando a su padre, y no se le ocurrió más que llamar al Presidente del Gobierno Español 'tío majadero'.

Su padre le ordenó que se callase y don Upildo, aunque era gran admirador del 'tío majadero', se puso a defender a su sobrina solamente por llevarle la contraria a su cuñado. Como el ataque era por partida doble y Cartabón no se lo esperaba y menos del muy conservador don Upildo, se desorientó un momento, que Rodriguito aprovechó para meter baza:

"También le llaman 'el Führecito' . . ." se atrevió a decir.

"¿Te vas a callar tú también?", tronó su padre.

María Antonia Pérez-Andújar

Al chico se le cortó la risa en seco.

La televisión mostró a un líder de uno de los sindicatos socialistas y Cartabón, para resarcirse de los ataques que acababa de sufrir, dijo, señalando a la tele:

"Ese sí que es un soplagaitas . . ."

Hubo otro amago de bronca entre los miembros de la familia pero al final la hermana de don Upildo se levantó y subió el volumen de la tele, y todos terminaron acatando aquella invitación a la paz.

El telediario proseguía con la aparición en pantalla de una reina europea bajita. Era una señora de edad a la que le encantaban los tonos pastel. Iba vestida con un abriguito de entretiempo, zapatos, bolsito y guantes todos de un mismo tono lila. Complementaba el conjunto una pamelita de ala amplia coronada con un manojo de plumas que revoloteaba por encima de la cabeza de Su Majestad cual bandada de aves en primavera; descansando sobre un lado del ala, el sombrero exhibía un nidito como de golondrina, amable invitación al cobijo de uno o varios pájaros indigentes. Parecía que con aquel toque visual tan bucólico, el diseñador del gorrito intentaba distraernos del evento al que asistía S.M., que obligaba a una manada de magníficos caballos correr a contrarreloj, a veces hasta la muerte.

El toque práctico lo constituía una redecilla colgada frente a la cara, destinada sin duda a prevenir el ataque de alguna malévola avispa. Pero aquella pamela no era, ni mucho menos, la única creación sombreril concupiscente a la vista: las había decoradas con lazos, plumajes, espigas, piñas de abeto, hojas otoñales, champiñones, frutas tropicales, raíces secas y otros motivos silvestres. No era de extrañar que cientos de aves se sintiesen también atraídas al evento. En aquel contexto, la elección de un nido en el sombrero de S.M. no hacía sino evidenciar, una vez más, su regia sabiduría.

La familia seguía la retransmisión con interés y hasta Pituca comentó:

"Qué tacaña. En cada ala le caben por lo menos tres nidos . . ."

Al rato salió un reportaje de la familia real, que don Eduardo se apresuró a criticar para eliminar cualquier duda con respecto a su posición respecto a la aristocracia:

"¿Para qué estaremos alimentando a estas sabandijas, digo yo? Si repartiéramos el dinero que les damos . . ."

"Pero si tú nunca has pagado impuestos", contestó Rodrigo padre.
"Y cuando tenías dinero nunca lo repartiste . . ."

"Claro que no. El dinero que se reparte es el del gobierno, no el de uno. No te digo . . .", contestó, ofendido.

"Tú sí que estás hecho un buen socialista . . .", le espetó don Upildo.

"¡El buen socialismo empieza por uno mismo!", sentenció de Bombón, sirviéndose otro trozo de tarta.

Después del postre, la chica trajo el café y retiró los platos con la ayuda de Adela y su madre. La televisión difundía una estupenda corrida de toros que se estaba retransmitiendo desde la plaza de la Real Maestranza de Sevilla. Qué colorido, qué música tan alegre; qué público tan animado y bullicioso. La plaza estaba abarrotada de gente ansiosa de disfrutar del espectáculo. Había de todo: mujeres y hombres, gordos y flacos, altos y bajos, ricos y pobres, guapos y feos, jóvenes y viejos. No en vano se le llamaba a aquello la Fiesta Nacional. La Fiesta satisfacía varios niveles de nobles sentimientos: los de quienes gozaban contemplando cómo se le obligaba a un animal a defender su vida acorralado y los de aquellos que gustaban de presenciar el miedo del matador al exponerse a la muerte o a la mutilación. Como muy sabiamente decía una mujer gorda que llevaba la peineta y mantilla todas torcidas: "*Pa* eso cobran". Y luego estaba la alegría del amable espectador que se regocijaba ante la valentía de dos seres que, superando su miedo, luchaban por sus vidas, mientras ellos (los aficionados) se fumaban un puro o se comían un bocadillo con las nalgas bien asentadas en la almohadilla.

El comentarista alababa constantemente el Arte de la Tauromaquia. Así se aseguraba de que las emociones que subyacían bajo el espíritu de la Fiesta, que podrían erróneamente interpretarse como sadismo y cobardía, no se clasificaban como tales; pues había mucho extranjero, enemigo de España y gente de poco pelo que difundía aquel tipo de difamación con el fin de destruir uno de los más sanos e inocentes de los pasatiempos españoles.

Don Upildo, sin embargo, no podía disfrutar de la música y ni del alegre paseíllo sin acordarse de los toros que temblaban en sus cuadras oscuras al oír la amortiguada bullanga popular, barruntando que se avecinaba algo terrible. Aquel selecto público, tan ávido de arte, exigía la pronta ejecución de su espectáculo y pronto empezó la fiesta. El toro daba vueltas por el coso buscando desesperadamente su salvación hasta que un picador, erguido en su caballo, le hundió artística pero profundamente la afilada puya en el lomo haciendo manar la sangre a borbotones por el flanco de la bestia. Era de un tono rojo sublime. Qué belleza.

Los tercios de la corrida se sucedieron con el rigor acostumbrado hasta llegar al de Muerte. El toro vomitaba ríos de sangre, de rodillas, humillado, con el estoque hundido hasta el mango y la muerte llorándole los ojos mientras el gentío bramaba de alegría.

Entretanto, Rodrigo Cartabón se estaba fumando su Cohibías de rigor, emitiendo leves gruñidos de placer de cuando en cuando o irrumpiendo en enardecidos 'Olé' cuando el arte del toreo alcanzaba, a su juicio, el nivel de lo supremo. En la mesa no quedaban más que Don Upildo y Pituca, pues Eduardo había salido a la terraza para ver si poniéndose de pie le bajaba la comida, y esquivaban la pantalla mirándose las manos o admirando la decoración del salón mientras buscaban en sus mentes la mejor excusa para irse lo antes posible. Adela y Rodriguito habían desaparecido hacía rato y su madre también, con el pretexto de ayudar a recoger la cocina.

Iba transcurriendo así de felizmente la sobremesa cuando los de Bombón y Pompierre dijeron que se tenían que ir, que habían quedado con unos amigos. Don Upildo aprovechó para despedirse también aunque sin saber a ciencia cierta qué hacer con el resto del domingo. Vino la hermana de don Upildo y los chicos y se despidieron todos.

Ya iban los tres saliendo por la puerta cuando el noble Eduardo, que era también un feroz opositor de las corridas y que había pasado un mal rato conteniéndose aquella tarde, no pudo evitar meterle una estocada a su cuñado antes de largarse:

"¡*Adieu*, vampiro, más que vampiro, que te gusta más la sangre que al conde Drácula . . . !"

Don Upildo y Pituca se carcajearon cada uno por lo bajo, cosa que no pasó desapercibida al señor de Cartabón, quien decidió vengarse al próximo domingo.

Don Upildo regresó a casa dándose un paseo para tardar en llegar, pues aún se sentía deprimido por la vista de los toros y de su familia política. Ya estaba bajando por su calle cuando creyó ver a Marta por la acera, unos pasos por delante de él. Aceleró el paso para cerciorarse y comprobó que sí, que era ella, quien iba riéndose y charlando animadamente con una amiga, obviamente camino de su casa. El corazón se le aceleró de la emoción de verla tan cerca. Llevaba el pelo suelto, una falda corta con botines y un jersey de pico que le marcaba mucho la figura. "¡Qué guapa!", pensó don Upildo con el estómago lleno de mariposas. Su amiga era un poco más bajita y también muy atractiva. Llevaba una falda vaquera, una gorra tipo *Mao* y una camiseta de manga larga que le quedaba muy bien. Don Upildo se alegró de verla con una amiga, lo que indicaba claramente que no tenía novio. ¿Qué hombre, se dijo don Upildo, dedicaría el domingo a otra cosa que no fuese a pasarlo con aquella chica tan maravillosa? No le quedaba duda pues de que 'el taxi estaba libre'.

Redujo el paso para poder seguir detrás de ellas e incluso intentó escuchar su conversación, pero si se acercaba demasiado se iba a notar y tuvo que retroceder algunos pasos para poder seguirlas a una distancia prudente. Se le ocurrió que una ocasión como aquella no se le iba a presentar con frecuencia y decidió hacer algo para establecer contacto. Al fin y al cabo, no tenía razón para esperar, pues al perder el contrato con el Centro ya no tenía esperanza de mejorar su aspecto físico. Pero, ¿y su personalidad?¿Y su gracejo?¿Y la experiencia y dedicación de un hombre maduro?¿No eran aquellos atributos suficientes como para enamorar a cualquier mujer? Le vino a la mente el famoso actor *Humpery Bógar*, que por cierto era más feo que un percebe, y sin embargo había que ver las novias tan guapas y jóvenes que había tenido: *Vava Garner, Angrid Verman, Laurel Vacanal.* ¿Qué tenía *Humpery* que no tenía él? Su mente iba por aquellos derroteros cuando pasaron frente a una mujer que vendía flores en una esquina y don Upildo, en un golpe de inspiración, compró apresuradamente dos ramitos de claveles y se puso a correr detrás de las chicas hasta que las adelantó. Iban charlando inocentemente cogidas de la mano, lo que a don Upildo le pareció un detalle de la tierna e ingenua amistad que unía a las dos amigas.

Al llegar a su portal, Marta empezó a sacar del bolso su llavín, momento que don Upildo aprovechó para acercarse. Con una elegante reverencia, presentó uno de los ramos a Marta con su sonrisa más seductora; afortunadamente llevaba puesta la dentadura. Ella le miró sorprendida pero antes de que reaccionase le ofreció el otro ramo a su amiga quien, al ver aquellas flores tan bonitas, le devolvió espontáneamente la sonrisa. Al ver la reacción de su amiga, Marta perdió la cara de sorpresa y le dedicó también una sonrisa resplandeciente. Sus ojos se encontraron durante un instante y don Upildo sintió que el Universo por fin se había apiadado de él, premiándole sus esfuerzos con aquella mirada y aquella sonrisa tan prometedoras. Le pareció haber llegado al paraíso. Confuso e intimidado, bajó la mirada mientras un intenso rubor le afloraba en las mejillas. Turbado por la emoción, se dio la vuelta para ir a refugiarse a su casa sin mediar palabra más. Iba ahora con el corazón lleno de esperanza. En cuanto se recuperó, salió corriendo para llegar lo antes posible con el fin de contemplarla a sus anchas por la ventana. Además, ¿quién sabe? A lo mejor ella notaría su presencia por primera vez y las cosas empezarían a cambiar. Ah, qué alegremente trotaba don Upildo calle abajo en pos de su felicidad . . .

Nada más entrar en su casa, se fue a buscar los prismáticos y, parapetándose detrás del visillo de la cocina como siempre, los orientó hacia su ventana. De momento, todas las luces estaban apagadas, pero tenía la esperanza de que pronto ella tuviese que ir a la cocina y por lo menos entonces la podría ver. Tuvo que esperar un buen rato, pero por fin la paciencia de don Upildo dio fruto, pues la luz se encendió y la silueta de Marta se vislumbró al fin a través de los visillos. Para su sorpresa y alegría, ésta abrió los paneles de par en par y la vio empezar a abrir y cerrar armarios por la cocina.

Al cabo de un rato la amiga que había visto con ella entró y se acercó a ella por detrás, viéndola hacer. Marta se arrimó a la ventana y empezó a preparar algo sobre la mesa y entonces . . . oh . . . a don Upildo casi se le cuartean los cristales de los prismáticos . . . la amiga se le acercó a Marta por detrás, la tomó en sus brazos . . . y la besó.

Don Upildo notó que el corazón se le partía en mil pedazos. Estaba destrozado. 'Su' Marta, ¿lesbiana? No podía ser.

Se apartó los prismáticos de la cara y se retiró de la ventana para evitar tener que seguir contemplando aquella desgarradora realidad. Después de inspirar varias veces profundamente, volvió a su puesto de observación; tenía que asegurarse. Pero la imagen que percibió, enmarcada en los círculos de visión de los prismáticos, era la que temía: las dos chicas seguían allí todavía, abrazadas, y besándose ahora como locas.

Don Upildo no salía de su asombro. ¿Cómo era posible? Una niña tan mona, tan femenina, tan . . . 'normal'. Y la amiga lo mismo . . . ¿Qué mundo era aquel en el que las cosas que más obvias parecían resultaban ser falsas? Nunca se hubiese imaginado aquello. Nunca.

Soltó la cortina despacio y guardó los prismáticos parsimoniosamente en su estuche, poniéndose en camino lentamente hacia el armario del pasillo. Guardó el estuche en la última esquina, poniendo buen cuidado en enrollar bien la banda de cuero que servía para colgarlo. Ya no los iba a necesitar.

Avanzó hacia el cuarto de estar desalentado y sin un átomo de luz en el espíritu. Tanto esfuerzo para nada; tanta gimnasia; tanto zapato; tanta dieta. Tanta tarde apostado en la ventana a la espera de una sombra, de un atisbo de esperanza.

Las palabras de la gitana le vinieron a la memoria: "Tú no tienes lo que ella quiere".

Y tanto.

Se sentó en el sillón como un muñeco desinflado y encendió un cigarrillo. Como siempre que se sentía deprimido, volvió la vista hacia el terrario donde dormía Cule, su fiel Cule, su amiga; siempre callada; siempre contenta. Abrió la tapa y la sacó amorosamente; se la colgó del cuello y el animal le respondió con un pequeño movimiento reticular que le llenó de ternura.

Llevaba así bastante tiempo, pensativo y triste, cuando la vista se le posó en un fajo de cartas que descansaban sobre la mesa. Toñi debió haberlas dejado allí el otro día. Sin pensar en lo que hacía, las empezó a abrir con un abrecartas, separando ordenadamente los sobres de su contenido mientras su mente seguía sumergida en la desesperación. La mayor parte eran propaganda y facturas, y una carta que curiosamente venía de la parroquia. Era una circular invitando a los feligreses de la tercera edad a un viaje en autocar. El líder del viaje era un seglar que también hacía a veces las funciones de sacristán. Él había regentado una agencia de turismo en sus tiempos mozos, y ahora utilizaba sus contactos para conseguir las mejores ofertas para la parroquia. El precio era irrisorio.

Don Upildo no pudo menos que acordarse de nuevo de la gitana adivinadora, vaticinándole un viaje.

Entonces se puso a reflexionar sobre la incongruencia de las cosas, y en cómo aquella mujerona tan aparentemente zafia resultó poseer el don de la clarividencia. Y en cambio la dulce joven a la que tanto había idolatrado durante meses resultó ser algo que él nunca esperaba. ¿Y el tuerce-botas de su cuñado? Un tipo así representando a las derechas le hacía dudar peligrosamente sobre su propia afiliación política. Sí: el mundo estaba loco. Nada era lo que parecía. A sus dudas religiosas tenía ahora que añadir dudas sociales, dudas políticas, dudas de todo tipo. Eran momentos de oscuridad, y se mantuvo en aquella disposición hasta que de las profundidades de su espíritu se abrió paso una risa infantil y pura como un rayo de sol tras la lluvia. Y, sin saber por qué, decidió, qué narices, que iría a ese viaje. Le vendría bien para olvidarse de Marta. Además, si una pitonisa de altura se lo había predicho, ¿cómo iba él a oponerse a los designios universales? Recordó las palabras de la gitana diciendo que aquel iba a ser 'un viaje bonito', y un viaje bonito sería.

Pues no era nadie don Upildo siguiendo instrucciones . . .

María Antonia Pérez-Andújar nació en Madrid en 1958 y pasó su infancia en Bordeaux (Francia), Gijón, Córdoba y Madrid. Trabajó en el mundo corporativo hasta que en 1989 emigró a Estados Unidos donde se graduó en Bellas Artes Cum Laude con un master en Escenografía Teatral. Ha escrito y producido teatro. Fundó la compañía *Spanish Voice Group, LLC* dedicada a la traducción y a la difusión de la cultura española. Vive en Kansas City con su esposo el artista George Fisher Martin, tres gatos y dos perros. Pasa todo el tiempo que puede en su Casa Rural *La Casa de Andújar* en Pozo Lorente (Albacete).

El Blog de don Upildo *donupildo.blogspot.com/*

Sigue a don Upildo en Facebook y Twitter.

En preparación: El viaje de don Upildo.